Alberre. Tiré à très petit nombre.

Le portrait placé en regard du titre est un fragment de la belle estampe de Balechou gravée d'après Viger.

725

De la Popliniere, f. gar. At

DAÏRA.

HISTOIRE ORIENTALE

En quatre Parties.

À PARIS,

De l'Imprimerie de Claude-François SIMON, Chevalier
de l'Ordre de Christ, de l'Académie des Arcades de Rome,
Imprimeur de la Reine & de l'Archevêché.

1760.

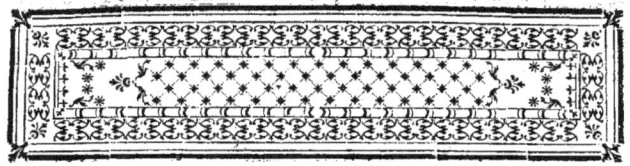

DAÏRA.

HISTOIRE ORIENTALE.

PREMIERE PARTIE.

I je voulois rappeller ici la fatale année de ma vie , où je me suis vû réduit à quitter pour jamais mes amis , ma famille , ma chere patrie , pour me retirer dans les déserts , il faudroit mettre au jour les perfidies que j'ai essuyées , de la part de ceux même qui auroient dû m'en préserver : il faudroit développer les intrigues secrettes , les manœuvres impies , par lesquelles une femme a pû parvenir à renverser un homme d'honneur. Mais je suis le même homme toujours , & s'il à plu au Ciel de terminer la vie de cette femme criminelle , je ne la regarde plus sur la terre que comme la pincée de poussiere que je serre en mes doigts. Je lui pardonne , Dieu m'en est témoin ; je lui pardonne tous les maux , tous les tour.

mens qu'elle ma caufés : je ne veux pas même étendre ce fentiment plus loin, de peur qu'il ne s'y répandît
malgré moi quelques lumieres fur des événemens déja
connus, dont on a toujours profondément ignoré les
caufes, & qui peut-être exciteroient à les rechercher,
& guideroient pour y atteindre ; & comme la découverte ne pourroit qu'en être odieufe, il eft plus fage
d'enterrer dans d'éternelles ténébres des forfaits jufqu'à
ce jour ignorés, que de les mettre en évidence aux yeux
des hommes, d'autant qu'il n'en réfulteroit qu'un amas
de fcandales, qui bien-loin de fuffire à punir & à
confondre le vice, ne ferviroient qu'à effrayer l'innocence & la vertu.

Je préviens donc que, fi j'employe le loifir que je
trouve dans ma retraite à raffembler les chofes qu'on
va lire, ce n'eft que parce qu'elles n'ont aucun rapport
avec moi ; je préviens que rien ne m'eft plus étranger
que toute l'Hiftoire que je vais écrire, & je crois qu'en
la lifant, on jugera que j'ai bien pû me réfoudre à la
raconter par l'extrême intérêt que j'ai dû y prendre,
& que peut-être on y prendra : car j'avoue qu'elle m'a
moi-même frappé par des traits fi bifarres & fi triftes,
& tout à la fois fi tendres & fi touchans, que j'en fuis
demeuré prefque aveuglé fur mes propres difgraces,
& qu'un moyen fûr (s'il en eft un) de les effacer de
mon efprit, ce fera de me repréfenter fouvent le tableau
de toutes celles que cette Hiftoire contient : il me con-
vaincra du moins, que lors même de ma plus cruelle
adverfité, lorfque du fein de ma douleur, je levois les

mains au Ciel contre l'iniquité qui m'accabloit, il pouvoit y avoir des perfonnes fur la terre affez malheureufes pour implorer un fort tel que le mien, pour le regarder comme un terme à leurs efpérances ; & voici par quelles routes l'invariable deftinée m'a conduit pour m'en inftruire, dans le féjour que j'habite aujourd'hui.

Lorfque je pris la réfolution de fortir de France, je fus quelque temps à me contrarier moi-même fur le choix d'une retraite : mon premier deffein fut de paffer en Angleterre ; le goût des fciences, l'efprit de raifon, le droit des gens, tout m'y appelloit ; mais l'âpreté de fon climat m'épouvanta, & m'obligea de lui préférer les Pays Méridionaux, où l'on peut dire auffi que les hommes arrivés comme moi au déclin de leurs jours, fe félicitent & fe trouvent heureux de participer aux influences d'un ciel pur, de jouir de cet aftre toujours radieux fur leurs têtes, de fentir que fon éclat & fes feux confervent dans leurs corps débiles, une vie encore active & dégagée, qui ne pourroit être que languiffante & chancelante ailleurs. Ce fut dans ces penfées que je pris la route de Marfeille ; mais fans être abfolument déterminé fur le choix du Pays où je pourrois enfuite paffer pour y faire mon établiffement. J'arrivai dans cette Ville, & j'y demeurai quelques jours dans une irréfolution qui fut toujours la même : car mon efprit mélancholique aimoit à s'y arrêter, & ne raffembloit des projets que pour les détruire, que pour fe plaire dans la liberté de choifir. Je parcourois le Port de Marfeille ; je voyois partir & arriver à toute heure des Vaiſſeaux de toutes Nations ; j'étois tenté de m'embarquer ſucceſſivement ſur l'un & ſur l'autre. Le premier que je vis ſous voiles étoit de la Côte d'Italie , & la penſée me vint d'abord de m'y abandonner , & d'aller dans quelque Iſle déſerte conſommer en paix le reſte de ma vie ; mais je craignis d'y trouver des hommes pervers , & je ne cherchois pas des hommes ſuperſtitieux. On m'ouvrit peu après la route de l'Eſpagne ; on m'indiqua une Barque qui devoit inceſſamment ſe rendre à Séville ; mais quand je me repréſentai les mœuts de ce Pays , la dureté des hommes qui l'habitent pour les autres Nations , je me retins de même.

Enfin , me rappellant l'hoſpitalité qui s'exerce chez les Muſulmans , ayant d'ailleurs aſſez de connoiſſance des Langues Orientales , je pris le deſſein de paſſer au Levant ; & heureuſement peu de jours après un Vaiſſeau ſe préſenta ſous mes yeux , qu'on équipoit & qu'on mettoit en état de faire voile pour l'Iſle de Cypre. Je ne balançai plus , je me déterminai à me tranſporter dans cette Iſle , d'autant qu'on me confirma ce que dit la renommée de ſa beauté , de l'excellence de ſon terroir , & de la douceur de ſes habitans.

Je partis ſur ce Vaiſſeau : C'étoit une Tartanne légere qu'un vent frais mit bien-tôt hors du Port , & de ſuite au large. Il eſt vrai qu'à meſure que la terre diminuoit à mes yeux , mon cœur s'attendriſſoit , comme l'enfant qu'on enleve à ſa nourrice , & qu'on voit les bras ouverts , & les yeux en larmes , demander par ſes cris , qu'on le remette ſur ſon ſein. Cette terre enfin

difparut , & en peu d'heures les eaux bornerent tout
l'horifon. Notre navigation fut heureufe , nous arrivâmes en vingt jours au Port de Famagoufte ; j'y appris
qu'à douze milles de-là étoit la réfidence du Conful
François, que le lieu s'appelloit Singrani ; je m'y rendis , je demeurai quelques jours en fa maifon , la plus
belle de toute l'Ifle. Je lui fis part du projet que j'avois
formé de m'y établir , & d'y achever le cours de ma
vie : il m'approuva fort , & prit la peine de m'inftruire
à fond des ufages & des mœurs du Pays. Cette Ifle
renferme aujourd'hui fort peu d'habitans , & il s'y trouve plufieurs belles Maifons de Campagne dont on connoît les propriétaires à peine , parce qu'elles font prefqu'à l'abandon. Le Conful me fit faire l'acquifition d'une
à trois milles de la fienne , que j'aurois trouvée pour
moi trop belle & trop fpacieufe en tout autre pays , &
dont le prix cependant n'excédoit pas quatre cens piaf-
tres. Elle eft fituée à peu de diftance de cette chaîne
de Montagnes , qui femblent partager l'Ifle en deux
contrées ; ces Montagnes la mettent à couvert des ardeurs du Midi. Un vafte Jardin l'environne ; j'y cueille
inceffamment toutes les fleurs de l'Europe ; je les vois
avec plaifir mêlées parmi beaucoup d'autres que l'Europe , la France du moins ne connoît pas. Il eft vrai que
le défaut de culture eft caufe que toute la terre eft cou-
verte de plantes & de racines odorantes , qui femblent
fe nuire par la multitude & la confufion ; mais il eft
vrai auffi qu'elles exhalent une variété de parfums fi
grande , que tout ce que j'y refpire porte à mon cœur.

un fentiment de plaifir : j'avouerai même que ce baume
de l'air , auffi doux pour moi qu'étranger , eft ma jouiffance & ma volupté de chaque jour. Derriere cette
Maifon étoit autrefois un Parc qui s'étendoit jufqu'au
pied de la Montagne ; mais les murs s'étant détruits ,
ce Parc eft devenu un terrein fans borne qui communi-
que à tout ; ce n'eft plus qu'une friche immenfe , où
tous les germes fe jouent & fruélifient en défordre , où
l'oranger , le grenadier fe confondent parmi les oliviers ,
les platanes & les cédres ; ce n'eft plus qu'un bois fau-
vage difficile à pénétrer.

Tel eft le féjour fimple & ruftique , où je réfolus ,
en entrant dans l'Ifle , de me retirer pour toute ma vie ,
pour y jouir en paix , à l'abri des hommes , d'un ciel
toujours ferein , d'une terre toujours féconde , qui m'offroit dès-lors fes dons confus à pleines mains , & qui
depuis que je la cultive , devient docile d'un jour à l'autre , déja s'affujettit à mes goûts , & bientôt , fi je le
veux , ne produira plus qu'avec ordre des fruits de mon
choix.

Cette Maifon étoit alors occupée par une famille
Grecque nombreufe ; c'étoit un pere , une mere & plufieurs enfans ; il étoit queftion de les dépoffèder , mais
lorfque je connus leur peu de fortune , & que je fus
témoin des vertus & des mœurs qui uniffoient cette famille , j'en fus fi touché , que je crus au contraire devoir m'en rendre le Chef & le Patron , ce que je fis ; mon
intérêt d'ailleurs auroit bien pû m'y porter , je me
trouvois feul tranfplanté , occupé des premiers foins
                                                    d'un

d'un établiffement, dans une région toute inconnue, toute étrangere, où il m'eût fallu chercher des domeftiques, acheter des efclaves, d'une Nation plus inconnue, & plus étrangere encore; c'eût été pour moi des embarras fans fin; au lieu que dès le moment, je me confiderai parmi ces faintes gens, reçu, fecouru & fervi comme un bon Maître, bien cher & bien aimé, qu'elles auroient attendu & défiré long-temps.

On croira bien qu'en cet état, les premiers jours qui s'écoulerent, firent en moi l'effet d'une renaiffance nouvelle, & que je parcourois ces riches campagnes avec des yeux auffi étonnés, que fi j'euffe été porté dans quelque monde reproduit, habité par l'innocence, où les hommes, ainfi que la terre, fe feroient offerts à moi, au lendemain de leur création; & comme toutes mes promenades étoient autant de découvertes curieufes & flatteufes, je me plaifois à les prolonger toujours davantage aux environs de ma retraite.

Un jour enfin je m'éloignai de quelques milles, & pris brufquement le deffein de traverfer les bois de l'ancien Parc, pour arriver jufqu'à la Montagne voifine; j'y apperçus des routes, je les fuivis: ces routes me conduifirent à d'autres, mais je marchai fort long-temps envain; le jour s'écoula, & je fus contraint de revenir fur mes pas; je m'appliquai à rechercher les chemins que j'avois fuivis; je crus les reprendre, mais bien-tôt l'obfcurité me les fit méconnoître, & en peu de momens je tombai dans de profondes ténébres; j'en reffentis une foudaine frayeur; elle augmenta d'un mo-

B

ment à l'autre, & peu-à-peu fut suivie de cruelles inquiétudes, & de je ne sçais quels noirs pressentimens.
Etanger ! seul ! dans ces bois immenses, égaré, en
pleine nuit, conduisant mon cheval Arabe, assez mal
dompté, d'une fausse route dans une autre, parmi des
broussailles si fortes & si épaisses, que quelquefois j'étois
forcé de retourner sur mes pas, sans sçavoir ni pouvoir
imaginer quelle seroit la fin de cette journée. Je marchois ainsi de tous côtés, agité, irrésolu, déplorant déja cette avanture, attendant qu'il plût à Dieu de me
prêter secours, ou que le jour revint pour éclairer ces
tristes bois.

Mon cheval tout-à-coup fit un écart ; je le pressai,
il recula ; j'imaginai que c'étoit l'approche de quelque
bête féroce ou venimeuse qui lui causoit cette épouvante ;
je m'emportai d'un ton de colere, comme un homme
seul qui se trouble dans une violente situation. Mais
alors, & ce même saisissement me revient encore quand
j'en parle, je fus frappé des sons d'une voix mourante,
& voici les paroles Arabes que j'entendis : *Qui que tu*
sois, détourne-toi, & laisse-moi mourir.

J'avouerai que je n'eus jamais un effroi semblable. Il
vint d'abord à ma pensée qu'un homme venoit d'être
assassiné par des brigands. Ah ! malheureux, m'écriai-
je, qui que tu sois toi-même, je ne dois point t'abandonner ainsi, me voilà prêt à te donner secours. En
effet, à l'instant je descends de mon cheval, j'accroche
sa bride à une branche d'arbre, je vais à lui, & je m'approche ; la nuit étoit si profonde, que je l'entrevoyois

à peine ; je le trouvai tout étendu, tout ensanglanté ;
mais ce qui me fit une horreur, dont je tressaillis encore, c'est qu'en posant ma main sur son corps, presque
sans vie, je la sentis d'abord toute mouillée de son sang :
je voulus connoître sa blessure, je la trouvai cette blessure, les cheveux m'en dressent à la tête, le poignard
y étoit, & ce qui me parut inconcevable, c'est qu'il
eut la force de poser la main sur ce poignard, pour
m'empêcher de le retirer, & que je me coupai la main
moi-même pour l'arracher de la sienne. Que fais-tu,
me disoit-il, laisse-moi mourir, le Ciel le veut, tout m'y
condamne, laisse-moi répandre le reste de mon sang ?
Malheureux ! m'écriai-je de toutes mes forces, quelle
est la furie infernale qui vous a fait concevoir ce barbare dessein ? Quoi ! c'est vous, qui avez attentez sur
vous ? Quoi ! l'honneur ? Quoi ! la nature même vous aban-
donnent à ce point ? Je lui fis ces reproches ; mais il ne
m'écoutoit point, & je revins à moi tout-à-coup pour
le ramener par des sentimens plus doux ; je lui parlai
comme j'aurois fait à un ami. En effet, son déplorable
sort m'intéressoit déja si vivement, que je me sentois
du penchant pour lui comme si je l'eusse depuis long-
temps connu. Cela fit un effet que mes reproches n'a-
voient pû faire ; il voyoit que je me tourmentois pour
le soulager, que je lui parlois avec tant de sensibilité,
tant d'attendrissement, qu'il se laissa vaincre enfin, &
consentit à recevoir les secours que je m'efforçois de lui
donner. Mon dessein fut d'abord de le mettre sur mon
cheval & de le transporter ainsi dans ma Maison. Mais

quand je tournai la tête, je m'apperçus que mon cheval avoit difparu. Un mouvement de fureur me prit
contre moi-même de l'avoir attaché mal ; le malheureux mourant s'en apperçut, & me dit d'une voix baffe
& prefqu'éteinte : Tu le vois, tout s'oppofe à ta générofité ; ma deftinée eft de finir mes jours ici, c'eft elle
qui m'y a conduit. Je le ramenai le mieux qu'il me
fut poffible : Mon cher ami, lui dis-je, eh ! je le fuis
toujours des malheureux, je me charge de vous, je vous
en réponds comme de moi, je ne veux que fçavoir par
quelle route on peut fortir de ces triftes lieux pour arriver à la Maifon de Gaah, que je poffède depuis peu
de jours, & où l'on m'attend avec une extrême inquiétude, parce que je me fuis égaré en parcourant ces
bois, & que depuis plus de quatre heures je cherche
un chemin que je ne trouve pas ; le Ciel enfin nous per-
mit de fuivre une route que nous prîmes. Croirez-vous
le parti que je pris alors ? J'eus le courage & la vigueur
de lever ce corps, prefque fans vie, de le porter fur mes
épaules un affez long efpace de chemin, & par un bonheur, fur lequel je ne comptois pas, je retrouvai mon
Arabe, qui s'étoit empêtré dans fa bride & que j'arrêtai. Tout cela ne fe paffa point fans de triftes reproches, mêlés de mes louanges, & de marques de reconnoiffance & de fenfibilité de la part de cet infortuné ;
mais par des mots entrecoupés, prononcés à peine,
qui me repréfenterent fon ame dans un accablement fi
grand, que j'en frémis, & que je craignis de n'avoir
pas le temps de le fauver. Je le mis fur mon cheval le

plus commodément que je pus , je le conduifis mar-
chant à pied , le foutenant d'une main , & tenant la
bride d'une autre. C'eft ainfi que nous fîmes notre
voyage jufqu'à ma maifon , où en arrivant , je louai
Dieu de la difgrace apparente qu'il lui avoit plû de me
faire effuyer , pour me donner occafion de faire une
bonne œuvre , digne d'un cœur tendre & vertueux. Je
ne fus pas plutôt arrivé dans ma Maifon , que mon Grec,
fa femme , tous leurs enfans , accoururent précipitamment , vinrent à moi , chacun d'eux tenant fa lumiere
à la main. Ce monde formoit un cercle dans la Cour,
au centre duquel je me trouvai. L'on eut dit que
je tenois alors la tête de Medufe en ma main ; les enfans
de cette Maifon , le pere & la mere fur-tout , furent d'a-
bord faifis , troublés , la pâleur fur le vifage , l'effroi
dans les yeux : Hélas ! quand je me repréfente l'état où
j'étois , foutenant fur mon cheval un homme prefqu'ex-
pirant , que j'avois couvert d'une partie de mes habits ,
moi près de lui , épuifé de fatigues , prefque nud , mon
linge teint du fang de fa playe , épuifé de toutes fortes
d'efforts & de tourmens , je conçois que les témoins
d'un fpectacle pareil ont pû tomber immobiles & gla-
cés à ce point.

Cependant on croira bien que je n'avois pas pris la
réfolution de fauver cette malheureufe créature ; que
je ne m'étois pas donné jufques-là tant de foins & tant
de peines pour ne point confommer l'ouvrage ; fans
doute je lui fis donner tous les fecours qu'on m'auroit
apportés à moi-même , & ils réuffirent fi bien , qu'en

moins de quinze jours il se trouva presque rétabli ; mais
il est vrai que ce qui m'attendrit si vivement sur ses
malheurs, dès le premier moment, dès le premier coup
d'œil, qu'à la faveur de la lumiere j'eus pû l'envisager ;
c'est qu'au travers de l'horreur de son état, c'est que
malgré l'épuisement de ses forces, je crus voir un fort
jeune homme, d'une taille noble & fine , & d'une figure
digne d'intéresser quiconque n'auroit même pas sçû qu'il
étoit malheureux ; aussi s'apperçut-il bien que mon activité à le servir étoit toujours la même, & que lui seul
se trouvoit l'objet de toutes mes inquiétudes.

Plus je le voyois en effet, plus son sort me touchoit,
plus je sentois mon désir s'augmenter de le connoître
& de sçavoir quelle cause funeste l'avoit pû plonger
dans une telle calamité ; je m'introduisois à ce dessein
souvent seul dans sa chambre ; j'y passois quelquefois
les jours entiers, j'observois dans mes démarches un
grand secret ; comme je ne sçavois pas encore de quel
caractere étoit cette avanture, j'y apportois toutes sortes de précautions , & cet infortuné en demandoit encore d'avantage ; la peur qu'il avoit d'être découvert
& connu, étoit cause qu'il ne laissoit pas même le jour
pénétrer dans sa chambre, & que mes Grecs qui le trai-
toient, m'assurerent avoir guéri sa playe sans avoir pû
parvenir à le voir en face.

Le sçachant enfin dans une pleine convalescence, je
fus le voir pour lui ouvrir mon cœur, & lui offrir de
nouveaux secours : Parlez, mon enfant, lui dis-je, je ne
veux que vous servir, disposez de tout ce qui est à moi;

fi vous avez tant de répugnance à vous faire connoître, je n'infifte pas davantage , je vous refpecte trop dans le trifte état où je vous vois , je ne veux que fçavoir votre derniere intention , & je ne veux que la fuivre ; fi quelque jour dans un état plus tranquille & plus heureux vous vous rappellez ce que j'ai fait , fi vous voulez alors que je fçache pour qui je l'ai fait , vous me retrouverez tel que je fuis , & vous vous reprocherez peut-être de n'avoir pas affez répondu à la tendreffe de mon cœur.

Pendant que je lui tenois ce difcours, qu'il n'intérompit point , je le fixois autant que pouvoit le permettre le peu de lumiere qui pénétroit jufqu'à fon lit, je l'y voyois pouffer fréquemment des foupirs violens capables de le fuffoquer ; il me pria d'ouvrir fes fenêtres, je le fis, je tirai les rideaux de fon lit, & ce fut au pied de ce même lit que je m'arrêtai en lui tendant les bras, & lui difant : venez, venez à moi , mon fils , venez dans mes bras, c'eft un ami qui vous parle , ou plutôt c'eft un pere attendri qui ne demande qu'à réparer, s'il en eft quelque moyen , les malheurs où votre jeuneffe & votre inexpérience vous ont fans doute précipité.

Je veux bien convenir ici que je n'achevai pas ces dernieres paroles fans être faifi de je ne fçais quel trouble, dont je ne connoiffois pas la caufe ; il fembloit que ce jeune homme , d'un inftant à l'autre, fe métamorphofoit à mes yeux ; la fineffe de fes traits, la douceur de fes regards , toute fa phyfionomie fi tendre & fi belle me frapperent d'étonnement. Hélas ! c'étoit une

femme. Que vois-je ! O Ciel, m'écriai-je ! cela eſt-il
poſſible ! La rougeur lui couvrit alors le viſage, elle
baiſſa les yeux un inſtant ; je me tûs pour la conſidérer :
il ſortit de ſon ame un ſoupir profond, puis d'une voix
peu aſſurée elle me tint ce diſcours.

Généreux homme, tu demandes à me connoître, je
céde à tes volontés, je te dois trop pour y réſiſter davantage. Tu vois en moi une femme en effet, mais une
femme ſubmergée dans un océan d'infortunes, tu deſires
que je t'en faſſe le récit, & tu le croiras fabuleux ; moi-
même, continua-t'elle, pourrai-je le faire, aurai-je
aſſez de courage pour oſer devant toi développer l'enchaînement de mes diſgraces ? Dois-je devant toi me
croire capable d'en ſoutenir l'aſpect, & ſi je puis y ſuffire,
comment m'y prendre pour rappeller les routes qui m'ont
fait traverſer tant de régions, ou plutôt pour retrouver
l'affreux ſentier qui d'abîme en abîme m'a conduite enfin
aux portes du trépas, dans ces noires Forêts, où le Ciel
par toi a voulu me ſauver & me conduire dans cet aſyle :
graces à tes bontés, j'y ſuis, mais je m'y vois comme
un Voyageur épuiſé, arrivé après mille peines au ſom-
met des Montagnes, qui voudroit tourner la tête ſur
ſes pas pour reconnoître les chemins qui lui auroient
tant coûté, & qui ne verroit plus à ſes pieds que l'im-
menſité d'un pays couvert & confus. Quoi qu'il en ſoit
tu le déſires ; je vais dévoiler ſans crainte à tes yeux
tous les événemens de ma déplorable vie : tu vas connoître juſqu'où peuvent s'étendre les tourmens d'une
femme qu'une violente paſſion allume & ſoutient, &
qu'une

qu'une autre paſſion pourſuit accompagnée de ſes fureurs ; je conſens à t'en faire le récit, & le récit fidele ;
& puiſque c'eſt l'hiſtoire de mes malheurs, je vais te
les peindre comme ils ſe ſont préſentés à moi-même,
& je remonte juſqu'au premier.

Ce n'eſt point une femme de ta nation qui te parle,
je ne ſuis que depuis peu de jours en Cypre ; tu vois
en moi une femme de Scio, je crois du moins pouvoir regarder cette Iſle comme ma patrie ; j'y fus amenée dans l'âge le plus tendre, j'y ai paſſé mes jeunes
ans ; j'y vivois dans un état obſcur & retiré, ſous le
nom de Daïra ; j'y avois atteint la quinziéme année de
mon âge, dans l'innocence & dans la paix, n'ayant
l'eſprit & le cœur rempli que des devoirs d'une fille de
cet âge, que du déſir de plaire à un pere, le ſeul homme qui me fût connu. C'étoit un Marchand Arménien,
dont la Maiſon ſituée ſur le Port de cette Iſle, me donnoit un aſpect qui attiroit mes regards ſouvent.

J'étois un jour dans mon appartement, ſeule, occupée du ſpectacle de la Mer, un Vaiſſeau y parut à voiles
déployées, & de ſuite entra dans le Port ; j'ignorois
d'où venoit ce Vaiſſeau ; l'Equipage en confuſion mit
pied à terre ; quelques heures après j'entendis des cris
qui m'effrayerent, c'étoit une populace armée, qui ſem-
bloit pourſuivre deux Etrangers ; je jugeai d'abord qu'ils
étoient de l'Equipage du même Vaiſſeau ; je vis avec
compaſſion ces malheureux périr ſous les coups d'une
canaille furieuſe, j'en conçus une extrême peine, mais
qui ne fit qu'accroître ma triſte curioſité ; l'inſtant d'a-

près un troifiéme Etranger accourut fous mes fenêtres, il fe difoit pourfuivi tout aufli vivement ; il me tendit les bras, il me pria par des élancemens d'effroi & de douleur, de lui permettre de prendre afyle en ma maifon pour fe garantir d'une mort certaine. Le temps preffoit, fon danger me parut terrible, je me fuffe jugée coupable fi j'avois balancé, & quoique mon pere fût alors abfent, je cédai fans peine à la pitié qui m'entraîna. J'avois une Femme, une Gouvernante près de moi, je la chargeai de faire ouvrir promptement les portes ; elle y courut, l'Etranger entra, je le fauvai, & mon ame compatiffante s'applaudit & triompha d'avoir entrepris avec courage cet acte d'hofpitalité. Cependant le tumulte fut bien-tôt appaifé, tout ce Peuple attroupé fe difperfa, & peu de momens après le Port me parut libre & fûr ; & déja je penfois à en faire informer l'Etranger qui étoit en ma maifon, pour qu'il eut à fe retirer fans crainte ; mais alors on m'apprit qu'il étoit monté jufqu'à mon appartement, qu'il avoit pénétré jufques dans une chambre voifine de la mienne, qu'il demandoit à m'y voir, qu'il vouloit fe jetter à mes pieds pour me rendre graces de fa vie, pour m'en faire un hommage.

Cette démarche m'épouvanta, j'en fus troublée ; je l'envifageai comme un excès de reconnoiffance qui me flattoit, & que je ne pouvois blâmer ; mais tous mes devoirs m'étoient préfens & ne me permettoient pas d'y condefcendre. Je lui fis dire, que je me félicitois d'avoir pû contribuer au falut de fes jours, que je les croyois déformais fans danger, qu'aucun motif ne pouvoit plus retarder fa retraite, & qu'aucune raifon ne l'autorifoit à me voir. Il n'étoit point à portée de me voir, mais j'étois à portée de l'entendre : eh ! je n'entendis que trop bien la réponfe qu'il fit ; ce fut une plainte amere, entrecoupée par des foupirs ; mon trouble en augmenta ; je fus émuë de je ne fçais quelle compaffion, que je crus n'être qu'un fentiment commun aux ames fenfibles & pures, & tel que le bienfait peut en exciter lui-même pour celui qui l'a reçu. Mais tout attendriffement a des douceurs qui feduifent, & le mien m'occupa trop long-temps, fans fonger à m'en défier. . . . J'entendois d'un moment à l'autre s'élever une voix touchante, perçante au travers des murs, pour faire paffer jufqu'à moi des exclamations doüloureufes, . . J'écoutois de triftes récits qui faifoient la plus vive peinture de tous les maux, de toutes les infortunes dont un cœur pût être agité. . . . Je les écoutois ces récits, & je me fentois attirée vers eux, & je ne m'appercevois pas qu'ils changeoient peu à peu la fituation de mon ame, que plus j'y devenois attentive, plus cette premiere pitié s'affoibliffoit & faifoit place à des defirs confus de tout entendre, & de connoître quel pouvoit être l'Etranger que j'avois fauvé.

Quand on fe trouve auprès du Mont Taurus, qui reçoit le Tigre en fon fein, on fe fent attiré de même jufques fur fes bords efcarpés, jufqu'à la chûte de fes eaux, par un bruit harmonieux qui étonne & charme l'oreille, fans penfer au danger qu'on y court, fans pren-

dre garde au précipice, que lorsque le pied va s'y perdre
& qu'on est près d'y tomber. Chaque mot en effet qui
parvenoit jusqu'à mon oreille nous rapprochoit davantage l'un de l'autre, au point que bien-tôt après, si
quelque force céleste eut fait disparoître le mur qui sé-
paroit cet Etranger de moi, je me fusse peut-être surprise près de lui. . . . C'est ainsi que ses discours, toujours plus vifs & plus passionnés, parvinrent à me cau-
ser de profondes rêveries, à retracer à ma mémoire un
jeune homme que j'avois eu à peine le temps d'envisager, & à ranimer devant moi ses traits & sa figure,
que j'eusse crû sans cela effacée de mon esprit. . . . .
C'est ainsi que je m'en occupai, que je me recueillis
dans son image, que ma pensée s'y abandonna, & que
de momens en momens son langage toujours plaintif
& toujours plus tendre, porta enfin dans mon cœur
des charmes qui jusqu'alors m'avoient été inconnus.

Tout-à-coup mes yeux s'ouvrirent & s'effrayerent du
péril qui m'environnoit; ma vertu m'éclaira sur mes devoirs & sur la conduite que je devois m'imposer. Je fis
promptement dire au jeune homme, que sa démarche
étoit imprudente & son obstination téméraire, que je
le regardois comme un Etranger dans l'Isle, peu instruit
de nos mœurs, que je le priois de les respecter, que je
lui demandois pour prix de mon bienfait, & pour la plus
digne marque de sa reconnoissance, de se retirer de mon
appartement & de la maison de mon pere où j'étois.

Je ne l'entendis plus, je le crus éloigné; je chargeai
ma Gouvernante Razzivil de descendre, de s'assurer de

sa retraite, & de m'en venir rendre compte ; mais quelle fut son étonnement & le mien ! Elle ouvre la porte de ma chambre, elle le trouve par terre, étendu sur ses pas. . . . Venez voir, s'écria-t'elle, venez voir un triste spectacle. J'y courus, je le vis renversé par terre en effet, je me crus menacée de tous les malheurs ensemble ; eh ! je ne fus pas capable de m'en occuper long-temps ; la présence de ce jeune homme m'en détourna, dès le moment qu'il revint à la vie, que ses yeux fermés se rouvrirent, me porterent leurs premiers regards & se rallumerent aux miens. . . . C'étoit le premier trait sensible que l'amour eut encore fait parvenir jusqu'à moi, rien n'eut pû m'y préparer ; il est aisé de concevoir le trouble qu'il me causa : mais puisqu'il faut que je revéle dans la suite, le progrès, la violence, & les effets incroyables de cette premiere impression, je ne balance point, je m'humilie d'avance, j'avoue avec sincérité que les regards de ce jeune homme, que l'éclat de toute sa personne, que (je l'ose dire) l'excellence de sa beauté porta subitement dans le fond de mon ame un trait que dès ce moment rien ne put arracher. Daïra ! me dit-il, d'une voix foible & douce, dont les sons encore m'accompagnent partout, Daïra ! j'allois me soumettre à vos volontés que j'adore, j'allois me sacrifier à vos commandemens, je m'en croyois du moins le courage, lorsque tous mes sens m'ont abandonné. C'est un Etranger pour vous, Daïra ! qui vous parle ; mais, reprit-il, c'est un malheureux Amant, qui depuis trois mois vous cherche,

vous fuit, vous environne, toujours animé , toujours
tranfporté de votre divine image ; elle eft pour jamais
gravée dans fon ame , elle fait le tourment de fa vie ,
parce que vous l'ignorez ; elle en feroit les charmes,
s'il ofoit vous l'apprendre, s'il vous voyoit approuver
la paffion la plus vive, la plus pure qui fut jamais.

Je fus étourdie de cet étrange langage, j'en demeurai
fans mouvement. Mes yeux de même arrêtés fur les
fiens, fans fonger à me reprocher cette efpece de foibleffe ; il n'étoit pas au pouvoir de mon cœur de paroître infenfible au fpectacle d'un jeune homme aimable ,
que je voyois gémiffant, abbatu, écrafé fous le poids
de fa douleur , prefque fans vie , à mes pieds s'offrant
pour victime d'une paffion malheureufe , dont j'étois
l'objet unique. Je le plaignois fincérement, d'autant que
mon deffein étoit toujours de le réfoudre à fe retirer , &
je l'y excitois encore lorfque j'entendis un bruit à la
porte de la Maifon. C'étoit mon Pere. Razzivil nous
quitta pour s'en inftruire, & revint fur fes pas pour
me l'apprendre. Je tombai éperdue à l'arrivée de ce
Pere qui m'impofoit des loix de bienféance fort aufte-
res ; je le crus prêt à me furprendre avec cet Etranger :
Malheureux Etranger ! m'écriai-je, vous allez être vous-
même la victime de fa fureur , il va vous frapper d'un
coup mortel, ou vous livrer aux rigueurs des Loix. Se
peut-il , oh Ciel ! qu'une action de ma part , fi pure
dans fa fource , & fi généreufe jufqu'à ce moment,
foit fuivie d'une cataftrophe fi déplorable ! Vous perdez
un temps précieux , répliqua Razzivil ; vous n'avez au-

cun reproche à vous faire, & la malheureuse destinée
a fait tout ; votre cœur est pur, & votre honneur m'est
sacré. Quoi qu'il en coûte, il faut le mettre à couvert.
Cependant on vint avertir Razzivil que mon Pere portoit par-tout des regards inquiets, qu'il avoit fait garder
les portes de la Maison, qu'il y faisoit d'exactes recher-
ches, que le silence qu'il gardoit faisoit comprendre qu'il
n'étoit pas dans un état naturel. Hélas ! j'étois dans
un état terrible, & l'Etranger en ma présence n'en res-
sentoit aucune atteinte, & ne me paroissoit agité que
par les mouvemens de son cœur, qui ne lui permettoient
seulement pas de prêter l'oreille au danger. Ecoutez-
moi, reprit Razzivil, j'ai un expédient sûr pour abu-
ser votre Pere, puisqu'il le faut, & que la circonstance
nous y force. Votre Pere nous a dit qu'il souhaitoit que
vous prissiez une seconde Gouvernante auprès de vous,
il faut pour ce moment que cet Etranger paroisse l'être,
il ne lui manque que les robbes de mon sexe pour
qu'on s'y méprenne ; sa jeunesse & ses graces, toute sa
stature élégante & leste, nous donne pour cela une vrai-
semblance qu'il faut. Entrez, lui dit-elle, dans cette
chambre voisine, je vous donne d'avance le nom de
Meall, vous allez dans l'instant passer pour la seconde
Gouvernante de Daïra.

Toutes mes idées alors étoient dans un tel désordre,
& la présence d'esprit de Razzivil fut si prompte, qu'elle
ne me donna pas le temps de condescendre ou de refu-
ser. A peine fut-elle passée dans cette chambre voisine,
que mon Pere arriva dans mon appartement, & vint

me dire : Ma fille, vous me voyez tranfporté d'une jufte
colere ; mes Efclaves m'ont dit qu'un Etranger s'étoit
ici réfugié, & aucun d'eux n'a fçu me dire quel lieu de
ma Maifon lui fert de refuge : Mais on m'a de plus affuré qu'on l'avoit vû monter vers votre appartement ;
eh ! je ne crois pas un homme de cette Ifle affez hardi
pour ofer fe préfenter devant vous fans mes ordres, &
votre honneur, & votre vertu d'ailleurs, ne me permettent pas de vous foupçonner de la moindre lâcheté ;
raffurez-moi cependant, ma fille, je ne puis être trop
certain de cette vérité. Hélas ! mon Pere, lui répondis-
je, il fuffira que je vous avoue le tort que j'ai eu peut-
être, pour que vous ne m'accufiez pas d'avoir fait un
crime au-delà. J'ai vû de ces fenêtres un Etranger pourfuivi par une Populace en fureur, il demandoit un afyle,
je lui ai donné cet afyle en votre abfence ; vous ne m'auriez point approuvée fi au contraire j'avois eu la cruauté
de le laiffer périr.

Il ne m'étoit pas poffible de lui en dire davantage,
fans être réduite à déguifer ; mais toute épouvantée que
j'étois, mon cœur ne pouvoit s'y réfoudre ; & en effet,
j'allois tomber aux pieds de mon Pere, lui avouer tout,
& lui demander au prix de ma vie, le pardon & la grace
de ce téméraire Etranger, lorfqu'à l'inftant je vis Razzivil paroître, & lui dire : Seigneur Fargany, vous avez
fouhaité que votre fille unique Daïra fût accompagnée
d'une feconde Gouvernante, voici Meall, ma Parente,
que je viens vous préfenter. Mon Pere jetta un coup
d'œil fur cette prétendue Meall, & dit : Je te fçais gré,

Razzivil,

Razzivil, du choix que tu as fait, fans doute il eft bon ; mais qu'elle revienne, je n'ai pas préfentement le loifir de m'en occuper.

Sur ces derniers mots mon Pere fortit, defcendit dans fes jardins, & me laiffa feule, frappée de ces paroles ; il vouloit revoir la prétendue Meall ; leur entrevûe me donnoit d'avance une appréhenfion terrible, & malgré cela tant d'intérêts s'étoient emparés de mon ame pour le jeune homme qui la repréfentoit, que je ne pouvois repouffer le fentiment confus de je ne fçais quelle douceur fecrette, lorfque je le voyois en ma préfence, & que je confidérois qu'on me forçoit à le voir : je m'enfermai feule, toute occupée de ma fituation, pour y réfléchir encore plus ; je voulois me rendre à moi-même raifon de cette deftinée ; je voulois fçavoir fi elle me feroit affez fatale pour métamorphofer en action criminelle, l'acte le plus pur d'un cœur fenfible & bon, pour faire connoître à mon Pere le lendemain qu'on auroit emprunté le ton de la vérité, pour lui perfuader un horrible menfonge. Je voulois fçavoir, fi lui qui connoiffoit Daïra, la jugeroit capable d'avoir prêté la main à ces déguifemens ; & en effet, s'il l'eut penfé, quelle voix defcendante du Ciel eût pû lui perfuader fur cela mon innocence & ma vertu ?

Je m'abreuvois de ces allarmes, lorfqu'il me vint en penfée d'y mettre fin, par un moyen qui me parut le plus prompt & le moins périlleux ; ce fut de faire évader le jeune homme, & de dire enfuite que j'aurois renvoyée cette Meall, fur quelque prétexte facile à trou-

D

ver , & j'étois prête à prendre cette réfolution, lorfque j'entendis précipitamment Razzivil ouvrir ma porte. Prions Dieu qu'il nous protége , dit-elle ; mon Maître, votre Pere , envoye chercher dans le moment votre nou- velle Gouvernante , pour l'entretenir & la connoître.... En quel défordre me jetta Razzivil ! Je tombai , fans avoir le courage de lui répondre un feul mot. De mes deux mains je fermai mes yeux ; je crus être préfente à une fcène tragique ; je crus entendre prononcer ma con- damnation ; tout fembloit m'annoncer que le déguife- ment étoit découvert , que la violence & la fureur al- loient s'emparer de mon Pere ; je crus voir la mort d'un innocent , & d'un innocent aimable , & de qui l'extrê- me paffion pour moi avoit caufé tout le malheur. J'en foupirai , j'arrofai mes mains de mes pleurs , & demeu- rai dans cet état un efpace de temps qui me parut infini, voulant avidement fçavoir ce qui fe paffoit entr'eux , & redoutant toujours d'en être inftruite. Mais ce qui re- doubla bien-tôt mes allarmes & mon épouvante , c'eft que je reçus ordre de mon Pere de defcendre dans fon appartement : mes yeux fe fermerent , mes jambes fail- lirent , je pris la main de Razzivil , comme fi j'euffe dû lui dire un éternel adieu. Nous defcendimes, Raz- zivil me porta dans la chambre de ce Pere févére , plus qu'elle ne me foutint pour y entrer.

A peine ofai-je lever les yeux jufqu'à lui ; je m'ap- perçus cependant que fon front n'étoit point armé de colere , que fon maintien étoit paifible , & je pris garde en même-temps , que la fauffe Meall n'étoit point avec

lui ; mes fens en furent émus, & dans cette foibleffe,
je m'avouai à moi-même que je defirois de l'y trouver.
Venez, ma fille, & apprenez (me dit mon Pere) que
je fuis fatisfait du choix de votre Gouvernante nouvelle, & que je la garde auprès de vous pour vous
fervir comme Razzivil.

J'ai eu fi rarement en ma vie le cœur ouvert à la
joye, que j'en ai bien dû compter les moments ; ce moment en fut un, non de joye, mais d'un véritable tranfport, qui me mit tout d'un coup dans un tel état, que
fi j'euffe obtenu de mon Pere une faveur infigne, je ne
l'euffe pas reçue avec une plus grande fenfibilité : je
m'en occupois fi vifiblement que mon Pere en fut interdit ; il voulut me faire part de quelques affaires domeftiques ; mais ce qui fe paffoit alors dans mon ame,
étoit la feule affaire dont je fuffe capable de m'occuper ; je penfois trop profondément à ma Gouvernante
nouvelle ; je n'avois l'oreille attentive que pour entendre parler d'elle ; je n'avois les yeux ouverts que pour
la découvrir ; je ne fus jamais la maîtreffe de me partager, & de prêter à mon Pere l'attention qu'il demandoit. Il s'impatienta enfin, il s'interrompit lui-même,
& me dit qu'il m'avoit appellée pour m'entretenir d'une
affaire importante, & qui méritoit bien que je fuffe
toute à moi ; que quelqu'un des jours fuivans il me
reverroit apparemment avec un efprit plus libre
& plus attentif. Je me retirai ; & il eft vrai, que fi
j'étois defcendue de mon appartement le cœur plein
d'allarmes & de crainte, fans courage & fans force, j'y

remontai bien vive & bien légere, avec ce même cœur
délicieusement agité ; je brûlois de me voir seule avec
Razzivil, de l'entretenir d'une voix libre & assurée
des peines mortelles que j'avois essuyées pendant tout
ce jour, & du calme heureux qui leur succédoit. Vous
le voyez, me dit-elle, le Ciel ne veut point votre perte :
le Ciel peut-être par ce bizarre événement, vous pré-
sage & vous réserve quelque heureuse destinée. Un
Inconnu vous a demandé un asyle pour le garantir d'un
coup mortel qui le menaçoit ; vous lui accordez cet
asyle ; ce même Inconnu, jeune & aimable se trouve
épris d'une passion qui peut-être mérite de devenir heureuse. Il y a trois mois qu'il en est tourmenté, un coup
du Ciel l'amene chez vous. Eh ! qui nous dit que ce
n'est pas un moyen que son amour même lui a dicté ?
En un mot, il vous le déclare, sans qu'il soit possible
de vous en offenser ; il est surpris dans cette Maison
par votre pere ; le danger qu'il court vous effraye, votre imagination le grossit, & votre pitié s'en augmente ;
vous cédez au penchant qui vous attendrit sur son sort,
& quand la main de Dieu le préserve, cette même pitié
cesse pour faire place à des sentimens qui vous sont
encore à vous-même inconnus ; mais pour peu que vous
vous rendiez compte du progrès qu'ils ont fait, vous
verrez qu'ils en ont fait, & que la premiere compassion
qui vous a prise pour ce jeune homme, ne ressembloit
point à celle dont vous avez été touchée depuis : que
ce soit les périls toujours plus pressans qui se sont suc-
cedés les uns autres, ou bien plutôt quelque sympathie

fecrette qui appelle vos cœurs pour les unir, je vous vois atteinte & pénétrée tout autrement que vous ne l'avez été d'abord.

J'écoutois ma Gouvernante, lorfque ne voyant point paroître celui-là même qui nous occupoit alors toutes deux, je lui demandai où il pouvoit être ? Hélas ! me dit-elle, l'infenfibilité qu'il a dû remarquer en vous, lui a fait prendre le parti fans doute de s'évader de cette Maifon, après avoir foutenu la converfation de votre Pere fous le nom d'une Gouvernante. Mais s'il ne paroît plus, m'écriai-je, mon Pere en demandera la raifon. Eh ! comment a-t'il pris une réfolution fi fubite, s'il eft vrai que j'aye fur lui un pouvoir fans bornes ; il n'y a que vous feule, me dit Razzivil, qui puiffiez juger s'il fait bien ou mal : rapprochez-vous de vous-même, confidérez l'état de votre ame, rendez-vous compte des mouvemens qui l'agitent, & fi vous con-noiffez que ce malheureux Amant n'y ait aucune part, approuvez-le d'avoir eu le courage de s'éloigner de votre Maifon, qu'il ne connoît encore que par les allarmes & les dangers qu'il y a courus... Ma chere Maîtreffe, reprit-elle, vous avez enflammé d'un inconcevable amour le cœur du jeune Belzek, fils du Pacha de Sa-talie ; il y a trois mois que j'en fuis pleinement inf-truite, fans avoir jamais ofé vous rien dévoiler là-deffus ; je ne connois point de paffion plus pure ni qui foit plus digne de fon prix. Je l'ai vû, ce jeune homme, m'offrir des tréfors, pour l'aider à parvenir jufqu'à vous, pour vous donner une Lettre de fa part ; j'ai tout refufé ;

j'ai déclaré que je n'offrirois mes secours, que lorsque
vous me les demanderiez pour lui vous-même, que
c'étoit devant vous qu'il devoit d'abord paroître, que
c'étoit à lui d'imaginer les moyens d'y parvenir, & je
l'avouerai, ce n'est pas sans une secrette pitié, que je
l'ai vû depuis ce temps, à toutes les heures de chaque
jour, déguisé en mille manieres autour de vous, &
par-tout où vous avez pû être hors de votre Maison.
Vous avez vû de nos fenêtres le tumulte qui est arrivé; vous avez vû qu'on vous demandoit un asyle, &
vous l'avez accordé; votre bonne foi y a été surprise;
c'est un stratagême que son amour a conçu pour parvenir jusqu'à vous, & il est vrai que le désespoir mortel où je l'ai vû ces derniers jours, & la ferme résolu-
tion où il étoit de s'exposer à tout, m'ont fait juger
qu'il ne remettroit pas davantage à vous faire décider
sur son sort, ...

J'écoutois attentivement tout ce que Razzivil me di-
soit; je me sentois flattée au fond de mon ame de tout
ce qu'elle m'apprenoit; je me considerois avec une sorte
de gloire, en jettant les yeux sur moi-même : eh! je
n'y lisois pas tout; je ne voyois pas que j'y étois déja
sensible, que d'un instant à l'autre je le devenois davantage. Razzivil s'en apperçut plutôt que moi; je lui demandai où étoit Meall, je m'inquiettois de ne la point voir
paroître, & Razzivil pendant cela tenoit mon cœur sans
cesse agité par mille sortes d'inquiétudes, bien ou mal
fondées, qu'elle me donnoit : Tantôt elle me faisoit entendre que ce jeune Satalien couroit des risques infinis

à demeurer dans la Maison de mon Pere , & que je
m'expofois tout autant ; tantôt elle me faifoit envifager
la Maifon de mon Pere comme un afyle fecret & commode , à la faveur duquel je pourrois le voir & l'entendre à toute heure , & connoître s'il feroit auffi digne
d'eftime qu'il paroiffoit l'être.

Nous paffames elle & moi la plus grande partie de
la nuit à redire les mêmes chofes ; je ne l'interrompois
que pour lui demander quelquefois ce qu'elle penfoit
que Meall fût devenue (car je n'ofois déja plus l'appel-
ler que par ce nom). Cependant la nuit s'avançoit,
& mon inquiétude ne diminuoit point ; toutes mes
penfées s'obftinoient confufément à m'expliquer cette
avanture , & ne s'accordoient point à me repréfenter un
Amant tranfporté, capable d'employer des ftratagêmes,
& d'affronter des dangers, pour pénétrer dans ma Maifon. Ce même Amant , que la fortune fecondoit alors ,
qu'elle mettoit à portée de me voir librement ; ce même Amant précifément alors abfent & fugitif, cette né-
gligence de fa part , & ce peu de fuite de fentimens,
me fembloient incompréhenfibles. Je renvoyai Razzivil ; je demeurai feule ; comptant de prendre quelque
repos. Ce fut en vain , l'image de Belzek étoit gravée
dans ma tête ; toute cette bifarre avanture n'en pouvoit
fortir : Un amour fi vif, un abandon fi prompt , étoient
une énigme toujours inexplicable , & malgré moi je
m'en occupai toute la nuit.

Enfin le jour vint à paroître , & fa lumiere peu à peu
éclaira mes yeux & mon efprit ; toutes mes idées fe con-

fondoient déja comme un fonge ; j'allois prefque douter moi-même de ce qui m'étoit arrivé. Mais alors je remarquai une tablette par terre au milieu de ma chambre; je me levai, je la pris: ah ! m'écriai-je, c'eft Meall qui m'écrit ! Je n'oferois m'expofer à lire, que m'apprendrat'elle ? Un malheur peut-être ; mais malgré moi mes yeux la parcouroient dans le moment même de ma réflexion ; & voici ce que Meall m'écrivoit, & que je n'ai jamais oublié.

» Daïra, voyez ma tablette par terre, vous m'auriez
» trouvé à fa place, fi je l'avois ofé ; relevez-la par pitié,
» tenez-la dans vos belles mains, portez-lui le moindre
» de vos regards ; pourvu que vous y lifiez feulement
» les vœux facrés que je figne de vous affervir ma vie,
» autant qu'elle durera, je fuis content & fatisfait. C'eft
» un Etranger qui vous parle. Oh ! fille précieufe ! c'eft un
» enfant de Satalie que la Nature avoit fait naître, pour
» confommer le cours de fa vie loin de vous ; mais que
» la deftinée a conduit en cette Ifle fortunée jufqu'aux
» portes de votre Maifon, jufques dans l'intérieur de vo-
» tre Maifon même, pour y jouir du charme de votre pré-
» fence célefte, pour y faire ferment, comme au pied des
» Autels de l'amour le plus violent, mais le plus pur qui
» puiffe jamais s'emparer d'un cœur : il me poffède, cet
» amour, au-delà de l'expreffion des Langues ; je fens que
» d'un jour à l'autre il s'accroît, il s'irrite, & m'embrâfe
» tout entier ; que depuis trois mois, lui feul fait dans
» cette Ifle ma vie, & que ma vie n'eft plus qu'un conti-
» nuel mélange de tranfports de joye ou de douleur. Je

» n'ai

» n'ai pû foutenir cet état, & vous le laiffer ignorer plus
» long-temps : J'ai appliqué toute mon imagination à
» vous l'apprendre, & j'y fuis parvenu par un ftratagê-
» me, où je me fuis vû réduit à vous tromper ; j'en
» rougis, mais, Daïra, de plus dignes moyens n'étoient
» pas à mon choix ; l'amour heureux s'explique comme
» il lui plaît, mais l'amour que rien ne flatte, & qu'en
» même-temps rien n'arrête, s'explique comme il peut ;
» & tel eft le mien en ce moment, que je me fens ca-
» pable de l'effort des géans pour vaincre tout ce qu'on
» y pourroit oppofer.

Je continuois de lire cette Lettre, dont chaque mot
m'agitoit d'une fecrette joye, déja répandue dans tous
mes fens, lorfque tout-à-coup je fus interrompue par
Razzivil, qui me furprit la tenant en mes mains. Je
ne lui célai point le plaifir que j'avois à lire ; mon front
ferein, mes yeux animés, tout m'auroit trahie, je n'aurois eu avec ma confidente que la honte de m'être dégui-
fée devant elle inutilement. Viens, Razzivil, lui dis-je,
viens près de moi, tu m'aimes affez pour prendre part
à l'état où je me trouve ; tu connois ton innocente Maîtreffe, tes mains l'ont formée, tu l'as confervée jufqu'à
ce jour dans fa pureté, dans fon indifférence, & dans
un plein repos ; viens la voir, toute émûe, toute éton-
née des coups qu'on lui porte ; viens l'aider à s'en défendre, ou fi tu refufes, apprends - lui du moins fi elle
peut s'en juftifier. Ma chere Maîtreffe, repliqua Razzivil, ce ne fera pas moi qui prendrai ce foin, mais
l'Amant lui-même que je vous annonce, & dont l'amour,

E

les charmes, & sur-tout les vertus, vous justifient entierement, puisqu'elles ne font sur vous que l'impression
qu'elles feroient sur tous les cœurs. Elle n'avoit pas encore achevé ces mots, que je vis paroître & tomber à
mes genoux le jeune homme transporté. Il avoit con-
servé le déguisement de la veille ; je le vis en cet état
sans avoir la force de lui parler... Daïra, me dit-il, après
un soupir profond, qui ne me laissoit que trop voir l'op-
pression de son ame : Oh ! Daïra ! je vous jure un amour
éternel ; je meurs ici-même, si vous ne l'approuvez pas.
Sa tablette étoit encore dans mes mains ; il connut
bien que j'avois lû ce qu'il m'avoit écrit ; le trouble où
il me surprit, lui fit entendre que mon état ne s'éloi-
gnoit pas fort du sien ; cela parut lui donner une vie
nouvelle, & l'enhardir à s'abandonner enfin à tous les
transports imaginables d'un amour qui n'a jamais eu
rien d'égal : mais comme je sentois que les divers mouvemens de son cœur, se faisoient jour malgré moi, & pas-
soient jusqu'au mien, je rappellai toutes les forces de
mon esprit, pour lui dérober ma foiblesse, du moins
pour ne la lui laisser voir qu'accompagnée de ma vertu.
Je ne puis, lui dis-je, considérer la passion qui vous emporte, sans être émûe de la pitié la plus tendre ; mais vous
sçavez, puisque depuis trois mois vous êtes à ma suite,
vous sçavez le peu de droits que j'ai sur moi-même, &
à quels dangers terribles je m'exposerois, si j'osois, de
quelle maniere que ce fût, écouter un penchant. Vous
n'ignorez pas que je dépends d'un Pere, & que lui seul
dispose de moi, comme de mes volontés. Vous êtes,

dites-vous, un enfant de Satalie. Je connois peu votre
Nation, & quand tout ce que je vois d'aimable & d'ef-
timable en vous m'aveugleroit au point de fermer les
yeux fur mes devoirs, de me prêter aux illufions, &
aux fonges d'un heureux avenir que vous auriez à me
promettre, vous verriez bien-tôt mon Pere détruire
d'un mot nos imprudentes efpérances, & nos frivoles
engagemens. Laiffez-moi, continuai-je, jeune homme,
laiffez-moi maîtreffe d'un cœur qui ne fçauroit être à
vous, & que vous n'occupez déja que trop à la vûe de
vos infortunes ; laiffez qu'il fe rappelle à lui-même, &
qu'il rentre dans le paifible état d'où vous l'avez tiré,
qu'il vous fuffife d'apprendre, & je ne puis vous le céler, que s'il étoit poffible de faire agréer à mon Pere
les deffeins que vous avez fur moi, j'y foufcrirois; mais
que jufques-là vous devez refpecter mon innocence &
ma jeuneffe, & ne pas m'expofer davantage à vous
plaindre, dans le malheureux amour dont je vous vois
épris. Pendant que je prononçois malgré moi ce trifte
arrêt, contre lequel je m'élevois moi-même à chaque
mot qui fortoit de ma bouche, mes yeux demeuroient
attachés fur les fiens, que je voyois baignés de larmes,
je ne pus jufqu'au bout retenir les miennes, que la
compaffion de fon état auroit pû feule m'arracher : j'eus
cependant la force de lui perfuader qu'il devoit fe retirer, & s'éloigner de moi, & il m'obéït, mais avec
une foumiffion qui me fit connoître qu'il fentoit mon
trouble, & qu'il vouloit le refpecter.

A peine eut-il difparu, que je me foulageai de cette

contrainte avec Razzivil , & que je la vis s'attendrir
comme moi fur le fort de mon Amant. Elle m'inftruifit de toute fon hiftoire; elle me confirma qu'en
effet c'étoit le fils du Pacha de Satalie , qu'il étoit venu
à Conftantinople chargé d'une commiffion de fon pere,
que faifant fon retour avec plufieurs autres Vaiffeaux
de diverfes Narions, ils avoient mouillé à Scio , que
tous avoient compté y faire quelque féjour pour en
connoître les beautés; que la veille de leur départ ce
jeune homme avoit voulu vifiter les Jardins de Crina;
que cette veille de départ étoit le jour même d'une
Fête qu'on m'y donnoit ; que c'étoit-là qu'il m'avoit
vûë pour la premiere fois ; que depuis ce jour il n'a-
voit plus vécu que pour me revoir ; qu'il avoit laiffé
partir les Vaiffeaux & tout abandonné pour moi feule ,
pour moi ! qui n'en avois pas encore la moindre connoiffance. Razzivil m'ajoutoit que fa réfolution étoit
prife de périr à Scio, ou de m'arracher de cette Ifle ,
pour me porter dans fa Patrie, & pour m'y faire un
fort heureux , regardant déja notre mariage comme
écrit & réglé dans le Ciel : & de fuite ma Gouvernante me faifoit des vifs éloges de la douceur des
mœurs , des ufages , des charmes de la fociété qui ré-
gnent à Satalie , & qui rendent ce féjour célébre chez
les autres Nations. De toutes ces chofes Razzivil me
faifoit des tableaux fi agréables & fi interreffans , que
je fentois d'un moment à l'autre mon defir naître &
s'accroître de me voir attaché au fort de mon Amant.

Quelques jours fe pafferent ainfi , pendant lefquels

Belzek, toujours fous l'habit & le nom de Meall, me fit connoître tant de vertus dans fon cœur, tant de qualités aimables dans fon efprit, tant de graces répandues dans toute fa jeune figure, que je tombai moi-même enfin dans l'admiration, d'avoir pû caufer une paffion de cette nature, une paffion infructueufe fans efpérance, & que je voyois obftinément foutenue dans les mêmes excès. Il ne fe préfentoit devant moi que rarement, fes fentimens étoient de la pureté des miens, il m'en donnoit les plus grandes marques en refpectant toujours mon innonence & ma vertu; mais fi je ne le voyois pas lui-même, tout me parloit de lui; en effet chaque aurore m'annonçoit de fa part de nouveaux hommages, & les jours entiers ne me fuffifoient pas pour les recevoir. C'étoient des fleurs parfemées qui fe trouvoient fous mes pas, des parfums précieux qui fe confumoient autour de moi; des billets de fa main fans nombre répandus fur mes fophas, fur mes tables. Ce fut un jour un Bracelet que la main d'une Fée fembloit avoir fait tomber près de moi; je le pris, fa beauté m'étonna, il étoit compofé de fix chaînes d'or, & enrichi de douze diamans; fix de ces diamans étoient blancs, fix autres étoient noirs. Je tenois ce Bracelet, je le confiderois & l'admirois. Je fus tentée de le paffer à mon bras, je l'y attachai à l'aide d'un reffort imperceptible; mais lorfque je voulus reprendre ce même reffort, il ne paroiffoit plus, il ne me fut jamais poffible de détacher le Bracelet de mon bras, je fus forcée à le garder ainfi; je ne balançai point, & fur le champ, je pris le parti d'écrire au jeune homme une premiere fois, pour qu'il vint lui-même me dégager de cet embarras ; mais j'étois déja si pénétrée, si touchée, si agitée, que je ne pus lui parler que de lui-même ; je m'y sentis entraînée, je m'y abandonnai, je lui ouvris mon ame toute entiere, je lui fis mille sermens de l'aimer toujours, & mes sermens sortoient en foule ; toutes ses lettres ensemble n'en contenoient pas tant. . . . . Foiblesse fatale ! & qui commença l'histoire déplorable de tous mes malheurs ! Je l'écrivois cette lettre, & je l'écrivois sans penser à la finir, lorsque je vis brusquement ma porte s'ouvrir, & mon pere en ma présence ; il ne me donna pas le temps de me reconnoître ; il se saisit de ma lettre, il la lut ; je remarquai sur tout son visage une colere tranquille que je ne lui avois jamais connue, & qui me fit fremir. Rendez-moi raison, me dit-il, de cette lettre ; vous êtes perdue, ajouta-t'il, d'une voix forte, si vous ne m'en instruisez dans le moment. Le ton qu'il mit à ces paroles, les regards qu'il me lança, m'anéantirent comme si la foudre m'eut frappée ; mais avant de songer à moi-même, je vis le péril effroyable que couroit mon Amant, son intérêt me soutint & me conserva toute ma présence d'esprit ; mille expédiens me vinrent à la fois ; j'employai sans répugnance tous les artifices imaginables, tous les mensonges spécieux que je crus capables de rétablir la tranquilité de mon Pere, & d'éloigner de son esprit les soupçons qui pouvoient y naître, sur ce qui se passoit dans l'intérieur de sa Maison. . . Il interrompit de lui-même cette explication pour me dire qu'il ne vouloit ouvrir les yeux sur ma conduite, que pour la reconnoître conforme à ses maximes, & digne de moi; qu'il consentoit à regarder cette lettre écrite de ma main, comme un amusement de mon esprit, dont l'objet n'étoit qu'imaginaire; qu'il étoit venu me trouver précipitamment pour m'apprendre la chose la plus heureuse & la plus importante qui pût jamais nous arriver.

Il y a long-temps, me dit-il, ma fille, que je me donne des soins extraordinaires, & qui n'ont que vous pour but. Je n'ai pas jugé à propos de vous en informer dans l'incertitude de leur succès; mais aujourd'hui que ce succès est entier, qu'il répond pleinement à mes vœux, & qu'on m'en instruit dans ce moment, je ne puis trop tôt vous l'apprendre. . . . Bénissons le Ciel, mille fois, ma fille, il accorde à mes prieres plus que je ne lui ai jamais demandé; vous êtes aujourd'hui la fille d'un simple Marchand, vous allez subitement monter à un rang dont vous serez peut-être éblouie vous-même; vous allez partager la gloire d'un homme à qui notre sublime Monarque accorde une confiance intime, & qu'il favorise de la plus tendre amitié. Le célébre Hali-Oglou, Pacha d'Alep, vous fait l'honneur, ma fille, de vous accepter pour Epouse; le récit qu'on lui a fait de votre beauté, la connoissance qu'on lui a donnée de vos vertus, la protection dont il m'honore, & plus que tout cela, les destinées ont déterminé votre Mariage avec lui. Il vous souhaite, il vous demande, je dois par mes empreſſemens me rendre digne de la grace qu'il me fait ; mais j'ai tout prévû, vos Equipages ſont prêts, & le Vaiſſeau qui doit vous tranſporter à Alep mettra à la voile demain.

Que devins-je, ô Ciel ! quand j'entendis ces étranges paroles, mon cœur en fut glacé, mon ſang ſe figea dans mes veines, ma tête en reſſentit un étourdiſſement ſi grand, qu'elle en tomba penchée ſur les bras de mon Pere. Vous voulez que je meure, me voilà prête à mourir. . . Non, ma fille ! Non, ma chere fille ! vivez, & vivez heureuſe, & glorieuſe déformais, ce ſera votre ſort ; je ſens, reprit-il, par les efforts que je me fais pour me ſéparer de vous à jamais, les efforts que vous avez à vous faire vous-même, pour ſortir du ſein d'un Pere qui vous aime, & pour aller vous jetter dans les bras d'un Epoux, quel qu'il puiſſe être, & que vous ne connoiſſez point ; mais tant de fortunes, tant d'honneurs vous attendent, & il en doit tant rejaillir ſur moi, & ſur toute ma famille, que je vous crois l'eſprit aſſez ferme pour vaincre & ſurmonter tout, lorſqu'il s'agit d'accepter le puiſſant établiſſement qui vous eſt offert. Mon pere me tenoit des diſcours ſuperflus, mon accablement ne me permettoit pas d'y prêter l'oreille, ma voix étoit éteinte, & ma poitrine prête à éclater. Il ne fut pas en ma puiſſance, ou plutôt il ne vint pas en ma penſée, de lui répliquer un mot, & tout cela ne ſervit encore qu'à rendre après, mes douleurs plus vives : car mon Pere effrayé de voir en moi cette terrible réſolution, ne me quitta plus. Il paſſa toute la nuit à mes côtés, occupé à me propoſer des ſoulagemens, quoiqu'inutiles,

quoiqu'inutiles , & dont je m'appercevois à peine ; la
peur qu'il avoit que je ne viſſe mes Gouvernantes, dont
il alloit me ſéparer , fit qu'il leur défendit de paroître.
Toute cette affreuſe nuit ſe paſſa ainſi ; le jour revint ,
& ſa lumiere ne fit que groſſir davantage l'horreur qui
m'environnoit. Je ſentis mon Pere, hélas ! mon Pere,
lui-même , avec un courage inhumain, m'enlever dans
ſes bras , ſe faire tranſporter avec moi ſur le Port , où le
funeſte Vaiſſeau nous attendoit. A peine avois-je les yeux
ouverts ; à peine étois-je revenue de cette ſuſpenſion de
mon ame , que je me trouvai avec lui ſur le Vaiſſeau ,
que le même Vaiſſeau mit à la voile , & que nous per-
dîmes de vûe ma chere Patrie, pour ne la revoir jamais.
Tous mes ſens étoient encore ſi étrangement étonnés ,
& tous mes eſprits dans un ſi grand déſordre , que j'en
étois immobile , & que mon viſage n'annonçoit juſques-
là qu'une ſtupidité inſenſible , que mon Pere prit da-
bord pour un effort de mon obéïſſance & de ma raiſon :
mais peu après , & tout-à-coup , je ne ſçais quelle in-
viſible main ſembla tirer le voile , & mettre ſous mes
yeux l'effroyable tableau de ma deſtinée ; je me trouvai
dans l'inſtant précipitée au fond de moi-même ; je
me conſidérai dans les bras d'un Pere cruel , menée comme la Victime que le coûteau mortel va égorger ; deſtinée aux fers d'un Barbare, à ſes abominables brutalités ;
mes yeux s'ouvrirent , & parcoururent la vaſte Mer ;
mes regards tremblans s'égarerent dans le vuide des airs ;
je cherchai la terre de Scio, je crus la découvrir, je crus
percer juſques dans ma Maiſon , je crus y voir mon

F

Amant, plongé dans un défefpoir mortel, feul dans une
terre étrangere, abandonné par qui ? par moi ! Par moi !
Oh Ciel ! pouvois-je foutenir cette penfée ! pouvois-je
imaginer mon Amant gémiffant de mes outrages, me
demandant raifon de mes mépris ; moi qui confondois
mon ame avec la fienne, & qui dans ce moment-là
même me ferois de mille coups arraché la vie, fi j'euffe
pû me croire condamnée, en effet, à ne le voir plus.
Ces affreufes idées m'arracherent des cris & des larmes
de fureur ; je pris le Ciel à témoin de mes douleurs ;
j'implorai fon affiftance contre les violences qu'on me
faifoit fouffrir ; j'adreffai à mon Pere des reproches fan-
glans, mais d'une véhémence que rien n'arrêtoit ; je lui
déclarai l'amour que j'avois conçu pour Belzek ; je lui
jurai que les Princes & les Rois de la terre ne feroient
pas capables de l'effacer de mon cœur ; je lui prédis ma
mort certaine, s'il pouffoit fa cruauté jufqu'à me livrer
au Pacha d'Alep. . . . Mon Pere parut épouvanté de
mes menaces, je crus un inftant qu'elles alloient le
faire changer de réfolution ; il me donna toutes les
confolations poffibles, & parmi quelques efpérances va-
gues, toutes les marques, toutes les affurances d'une
tendreffe & d'une affection fans bornes ; & cependant
les vents nous chaffoient vers la Syrie, & notre lamen-
table navigation fe termina dans fix jours.

Nous entrâmes dans un Port de cette Province, où
d'abord une foule d'Efclaves s'avancerent pour fervir à
notre débarquement. On me vit dans une fi grande foibleffe, ou plutôt dans un anéantiffement fi total, qu'on

fut fort inquiet du parti qu'il y avoit à prendre, &
qu'on craignit d'expofer ma vie en me faifant tranfporter plus loin ; mon Pere même, plus occupé de ma fituation que perfonne, demanda qu'il lui fût permis de me
faire faire quelque féjour dans ce Port, pour y reprendre
mes efprits & mes forces, & pour me remettre des terribles fecouffes que je venois d'effuyer ; mais le Tyran
d'Alep en avoit autrement ordonné : il fe trouva là deux
cens Spahis qu'il avoit envoyés pour mon efcorte ; les
chevaux, les chameaux, les litieres, tout étoit préparé ;
il ne fut pas au pouvoir de mon Pere de différer un moment.

Je me vis donc arrachée de nouveau, & tranfportée
par terre pendant l'efpace de deux journées de fuite,
après quoi j'apperçus enfin mon tombeau ; c'étoit les
Tours d'Alep ; mais comment fe peut-il qu'à la vûe de
ces Tours fatales, mon effroi n'augmenta point ; non,
puifqu'au contraire je crus fentir un calme fe répandre dans mes fens, me voyant hors de tout efpoir, allant
chercher une mort certaine, je la defirois déja comme
un terme à mes douleurs, rien ne me retenoit davantage, & je ne demandois plus qu'à y arriver.

C'eft dans cet état, que je parvins fur le foir de la
deuxiéme journée aux Portes de la Ville, où un Aga
m'attendoit, & me fit monter un Cheval Arabe tout
couvert des pierreries du Pacha ; j'avois la tête voilée,
mais fa dignité exigeoit une cérémonie moins commune. A la porte d'entrée étoit un Dais à colonnes,
fous lequel on me fit paffer ; il étoit fermé par quatre

rideaux d'une gaze fine , qui traînoient fur la poussiere ;
quatre Efclaves le foutenoient autour de moi , & le porterent de même pendant le chemin qu'il fallut faire;
je me laiffai conduire fous ces voiles funébres au travers d'une grande Ville. Tout étoit illuminé fur mon
paffage , tout retentiffoit des cris confus, des acclamations tumultueufes d'un Peuple égaré ; c'eût pû être
auffi-bien l'image de fa terreur & de fa compaffion ,
que l'image de fa joye & de fes tranfports : il élevoit
au Ciel mes éloges & ma fortune , mais par des cris
perçans qui fembloient plutôt prendre part à mes peines , & en effet déplorer mes malheurs... Je continuois ma marche , & je me croyois toujours dans les
rues d'Alep, quand on m'apprit que j'avois paffé déja
trois enceintes du Château , & que j'étois arrivée au
Pavillon du Pacha qui m'attendoit à fes côtés ; à ces
paroles je me reveillai comme d'un fommeil profond ;
un tremblement univefel me furprit, l'étouffement m'ac-
cabla , je tombai morte dans les bras de qui voulut
me recevoir, la voix me manque & je ne puis en réciter
davantage. Je ne me rappelle point cette infernale
nuit, que mon cœur n'en reçoive encore des frémiffe-
mens douloureux, que je ne fois prête à retomber dans
l'état même que je viens de peindre. Eh ! qu'ai-je d'ailleurs à te raconter, qui ne reffemble à ce que tu viens
d'entendre ; toute ma vie n'eft qu'une mer d'amer-
tume & de douleur ; mon hiftoire n'eft que l'ouvrage
de la haine des deftinées ; ce font des malheurs fuivis d'autres malheurs , & telle en eft la déplorable

uniformité, qu'elle ne fe peut interrompre, fi ce n'eft par la comparaifon de ceux que je viens de t'apprendre, à ceux que je réferve, devant lefquels en effet ces premiers-là ne font rien ; fi cependant tu exiges que je t'en inftruife, fi ces premieres épreuves, par lefquelles mon cœur a paffé, ont été capables d'émouvoir la tendreffe & la pitié de ton ame, au point de defirer que j'en raconte les fuites, j'y fatisferai ; je te l'ai promis, je ne te demande que de pouvoir refpirer un moment.

DAÏRA.

HISTOIRE ORIENTALE.

SECONDE PARTIE.

U E dira-t'on de ma situation ? lorf-
que cette Jeune Infortunée, après m'a-
voir raconté ces chofes, demandoit à
refpirer. Comprendra-t'on combien
j'avois befoin de refpirer moi-même
autant qu'elle ? Combien j'eus l'ame
attendrie, & pénétrée de compaffion ; mais fur-tout
de quel étonnement prodigieux je fus frappé, d'avoir vû
toute l'apparence d'un homme affaffiné dans mes bois,
d'un jeune homme mourant que j'avois tranfporté dans
ma Maifon, que j'avois fait traiter avec toutes fortes de
foins, de précautions & de fecret, craignant que ce ne
fût peut-être quelqu'avanture criminelle d'un jeune
homme que cette fituation-là même m'avoit rendu cher,
d'un jeune homme enfin, qui avoit été tel à mes yeux
pendant plus de quinze jours d'erreur & de confiance

de ma part, & de voir & de me convaincre alors, que
ce même jeune homme, ce même convalefcent pour qui
je m'étois tant tourmenté, n'étoit rien moins que tout
ce que j'en avois jugé, que ce qui fe préfentoit alors à
fa place à mes yeux, étoit une femme de Scio, étoit
l'Epoufe du Pacha de Syrie. Eh ! par quelle avanture
étrange (me difois-je à moi-même) une fi jeune perfonne a-t'elle pû traverfer les régions de Gréce & d'Afie
pour arriver en cette Ifle ? Par quels coups du fort affez
bifarres a-t'elle pû fe tranfporter des bords de l'Euphrate
dans les bois de Gaah ? Et quelle eft l'étrange deftinée
qui me conduit moi, dans cette terre deferte, qui m'y
fait fixer ma retraite, qui m'infpire de parcourir ces
bois à ce jour, à ce moment ; qui m'y fait égarer, &
qui me mene fans le fçavoir jufqu'au lieu même où
je dois trouver cette perfonne étendue par terre, percée de coups de poignard, prête à expirer, & cela, pour
que j'aye l'honneur d'une action généreufe, & pour
qu'il m'appartienne à moi de la fauver ? J'adorai du
fond de mon ame les refforts facrés de la Providence
qui nous gouverne ; je rendis grace au Tout-Puiffant,
qui connoît ma tendreffe naturelle, d'avoir daigné me
choifir, pour contribuer à l'exécution de fes décrets,
& pour empêcher la perte d'une créature innocente qui,
fans doute, lui étoit chere, & qu'il ne vouloit point
abandonner.

On jugera bien que j'étois affez touché du commen-
cement de l'hiftoire de la malheureufe Daïra, pour defirer d'en apprendre la fuite, & la fin ; mais je la trou-

vai fi agitée, & tout-à-la fois fi accablée de ce premier récit, que je crus lui devoir toute forte de ménagement & de difcrétion : je la laiffai en effet prendre quelque repos, pendant lequel je ne l'interrompis pas d'un mot. Après quelques heures enfin, je ne pus lui diffimuler tout-à-fait l'impatience fecrette que j'avois de l'écouter, & avec la même complaifance, elle reprit fon hiftoire, & la pourfuivit en ces mots.

Je t'ai rendu compte de l'évanouiffement qui me prit dans le Château du Pacha d'Alep, à la porte d'un appartement où j'étois attendue pour célébrer, m'avoit-on dit, mon Mariage & ma Fête. Après un affez long temps, je revins à moi, un refte de vie me rendit quelqu'ufage des fens : Je me confidérai couchée fur un large Divan, dans une grande falle fort éclairée : Je croyois y être feule, & c'étoit tout ce que j'étois réduite à defirer, lorfque deux monftres vinrent frapper ma vûe, & jetter un effroi dans mes fens, qui me glace encore lorfque j'y penfe : C'étoit deux Efclaves noirs, tout ce que l'Abyffinie a jamais vomi de plus hideux & de plus épouvantable ; tous deux s'approcherent de moi, & me parlerent, mais avec une voix plus effrayante que le fiflement des ferpens : Femme, me dit l'un d'eux, le Sublime Pacha d'Alep a reçu de toi un outrage au moment même qu'il t'alloit faire l'honneur de t'admettre à fon lit ; la gloire qui t'attendoit fembloit devoir t'animer d'une force nouvelle, & te faire voler à lui. Mais les premiers pas que tu viens de faire dans fon Serrail, ne lui font connoître en toi qu'une femme baffe & commune,

commune, qu'une femme foible & chancellante, peu digne d'être élévée à cette fortune. Rappelle donc tes efprits & tes forces ; viens t'emparer du cœur de ton Maître, & que les charmes de ta beauté y trouvent le pardon du crime que ta premiere démarche t'a fait commettre ; fonge que dans ce nombreux Serrail, tu n'es qu'une Efclave chétive, & que fi la bonté de ton Maître eft telle que tu doives jouir ici d'un fort diftingué de toutes les Houris qui l'habitent, tu ne fçaurois trop mériter cette infigne faveur par tes hommages & par ton zéle à le fervir. . . . Oh ! m'écriai-je, oh jufte Ciel ! quelles horreurs fe préparent ! Rétirez-vous, monftres affreux, ou tranchez le cours d'une malheureufe vie, qui eft en votre pouvoir ; je le veux, mais n'attendez rien de plus, & dites à votre Maître que je fuis ici pour y mourir, non pour y vivre, que ma mort eft la grace que je lui demande, & que c'eft la feule qu'il foit à même de m'accorder.

Je me fentis beaucoup plus de forces que je n'en avois en effet, pour prononcer ce difcours, que je préfumois devoir être le dernier de ma vie ; car, lorfque je bravois avec cette hardieffe la puiffance d'un homme qui me tenoit dans fes chaînes, je devois bien juger que fa vengeance alloit éclater ; & d'ailleurs, dans la foibleffe mortelle où j'étois, ces exclamations & ces cris, me fembloient à moi-même les derniers efforts de lumiere, d'un feu qui n'a plus d'aliment. . . Ce fut dans cette extrêmité que je m'abandonnai fans mefure à toutes les imprécations qui peuvent s'exhaler d'un

cœur furieux & défefpéré ; je ne les adreffois qu'à
ces monftrueux Eunuques ; mais je vis tout-à-coup le
fuperbe Pacha paroître , & je compris qu'il avoit tout
entendu. Il vint à moi, il s'en approcha, & fe fixa de-
bout au pied du Divan, les yeux roulans fur toute ma
perfonne, fans donner aucun figne, fans qu'il lui échap-
pât aucun gefte, fans prononçer une feule parole pendant un affez long efpace de temps ; fa préfence immobile répandit dans mon ame une confternation toute
étrange, fi grande, qu'il ne fut pas en mon pouvoir
de l'interrompre dans cet état ; il en fortit enfin, &
vint à moi de plus près ; je lui vis alors pofer la main
fur fon Cimeterre. . . . Frappe, (lui dis-je,) voilà ma
tête. Malheureufe, reprit-il, quel eft ton déplorable
aveuglement ; j'ai entendu tes fanglots & tes cris, &
il m'a fallu les entendre, pour pouvoir penfer qu'une
femme dans mon Serrail en pût faire ; ta bouche a pro-
feré des paroles criminelles, & qui méritent un châtiment fubit ; mais ma bonté les différe jufqu'à ce que
tu ayes repris ton fens & ta raifon ; cependant pour te
montrer ce que c'eft que d'encourir la difgrace de ton
Souverain, & pour te forcer toi-même à recourir à fes
faveurs, Eunuques, s'écria-t'il d'une voix tonnante,
que cette femme à l'inftant foit portée à la Tour du
Soïc. Le Pacha difparut à ces mots, & je fus livrée à
la merci des cruels qu'il avoit chargé de fes ordres.

Comme cette Tour du Soïc a été mon féjour quelque temps, & qu'il s'y eft paffé des chofes que je ne
dois pas oublier, je vais peindre le lieu tel qu'il eft.

Le Soïc eft une Riviere, & le Pacha d'Alep poſſéde
une maiſon de Campagne, dont cette Riviere baigne
les murs, elle n'eſt qu'à trois milles d'Alep; ce ſont
pluſieurs maiſons raſſemblées plutôt qu'une ; un aſſez
grand Parc eſt au milieu, fermé de doubles murailles
fort élevées ; entre ces deux murailles, eſt un terrein
étroit, qui en fait la circonvallation ; ce terrein eſt le
Parc aux bêtes ; le Pacha y entretient un grand nombre d'animaux féroces, que l'Aſie & l'Afrique lui four-
niſſent : dans l'intérieur & au centre du Parc, eſt une
aſſez grande cour quarrée, fermée de murailles plus
hautes encore que celles de l'enceinte ; dans cette cour
paſſe un Canal, le même qui traverſe tout le Parc,
que les eaux du Soïc rempliſſent, & qui y retournent
& s'y déchargent à quelque diſtance de-là, après avoir
parcouru & arroſé le Parc, les Jardins, & toutes les
Salles de la Maiſon. C'eſt dans cette même cour mu-
rée & iſolée qu'on a élevé la Tour nommé Tour du
Soïc, la terreur & l'effroi des femmes du Tyran d'Alep,
parce que c'eſt-là qu'elles ſont condamnées à terminer
leurs déplorables jours, lorſqu'elles ont eu le malheur
d'encourir ſa diſgrace, ou ſeulement mérité ſes dégoûts.
C'eſt dans cette affreuſe Priſon que je fus conduite &
renfermée dans un inſtant, accompagnée de trois Eunuques qui ne me quitterent plus. . . . Tu croiras
peut-être que l'horreur de cette Priſon ajouta encore à
mes ennuis & à mes peines ; mais non : la ſenſibilité
d'une ame humaine conſtamment a des bornes, & rien
ne prépare plus un cœur à la dureté, que l'excès des

douleurs : je venois d'endurer des tourmens, des dé-
chiremens capables de caufer mille fois ma mort ; ma
complexion & ma jeuneffe avoient foutenu ces
efforts , & je n'y avois pas fuccombé ; mais mon ame
par les effroyables fecouffes qu'on lui avoit données,
voyoit pour ainfi dire fes fentimens ceffés , enforte que
je tombai dans une immobilité qui ne laiffa bien-tôt
plus voir en moi qu'un être à peine vivant, qu'un corps
prefque inanimé, incapable de penfer & de contempler
fon propre état : & plufieurs jours fe pafferent ainfi, lorfqu'un de ces jours enfin , & au lever du Soleil, le premier
de mes Eunuques ouvrit la porte de ma chambre, & me
dit que j'euffe à me préparer à voir mon pere qui marchoit fur fes pas , & qui par ordre du Pacha venoit
m'annoncer fes dernieres intentions. Mon Pere parut,
je le reconnus à peine , tant mes efprits étoient voilés,
& mes fens fufpendus. . . . Malheureufe fille , s'écria-
t'il, en quel gouffre de maux vous êtes-vous plongée, & à
qui pouvez-vous les imputer qu'à vous-même ? Votre
délire ne ceffera-t'il point? Avez-vous réfolu de préférer l'infamie des prifons au bonheur qui vous eft offert ? Les foins que j'ai pris , les peines que je me fuis
données pour parvenir à vous rendre heureufe , tout cela
méritoit-il d'aboutir à une fi trifte fin ? Le Pacha , continua mon Pere , eft indigné de vos mépris , toute autre que vous en auroit porté la peine fur le champ,
les faveurs dont il m'honnore ont fufpendu les effets
de fa colere, vous êtes encore maîtreffe de l'appaifer tout-
à-fait, & il ne vous en coûteroit que de partager la joye

que lui cauferoit votre retour , c'eſt ce qu'il m'a permis de venir vous annoncer de fa part.

Tout ce difcours ne me fit pas la plus légere impreſ-
fion , à peine pouvois-je y prêter l'oreille , & il infiſta
long-temps à me parler de cette forte, fans qu'il me vint
à la penfée d'y repliquer. Fille ! continua-t-il, je n'ai plus
qu'un mot à vous dire , & ce mot feul doit vous réfoudre. Vous êtes éprife d'un fol amour pour un jeune Satalien qui ne penfe plus à vous ; un de mes Efclaves eſt
arrivé de Scio , à la côte de Syrie , pour me rendre
compte de l'exécution de quelques ordres dont je l'a-
vois chargé ; cet Efclave le connoiſſoit , il l'a vû dans
l'Ifle , & il a fçu que deux jours après notre départ ce
jeune homme s'étoit embarqué , qu'il étoit retourné
dans fa Patrie , & qu'il y avoit emmené même Razzivil avec lui. A ces mots je fortis du fond de moi-même , & jettai tout-à-coup les yeux fur un horifon fans
bornes , où je me perdis. Je vis mon Amant fur les
Mers faifant voile vers fa Patrie ; je le vis y arriver , y
defcendre , y trouver des objets nouveaux , y perdre l'i-
mage de fa chere Daïra qu'il avoit tant promis , avec
tant de fermens , d'aimer à jamais. Je voulus répondre
& parler à mon Pere , ma voix s'éteignit ; des ruiſ-
feaux de larmes baignerent mes joues ; je demeurai immobile fort long-temps. Epuifée enfin de larmes & de
foupirs , je lui adreſſai cette courte Priere... Oh ! mon
Pere , voyez vous-même en quel abîme d'ennuis vous
avez pour jamais précipité une fille qui avoit cru devoir tout attendre de votre tendreſſe & de votre bonté.

Voyez-moi dans ces noires prifons, confiderez que je n'y fuis que parce que vous m'avez arraché de votre fein pour m'y faire defcendre. Oh! mon Pere! (m'é-criai-je, en embraffant tendrement fes genoux), voyez votre enfant, cette même enfant qui ci-devant occu-poit fa place en votre cœur, & qui fut toujours fi vouée & fi foumife ; c'eft Daïra, c'eft votre fille qui parle & qui vous demande à hauts cris de jetter les yeux fur fes malheurs ; ne fuffifent-ils pas, pour émouvoir vos en-trailles paternelles, pour pénétrer votre ame de toute forte de pitié ? Hélas! difois-je, fi j'implore votre af-fiftance, qu'eft-ce que j'en veux obtenir ? Qu'eft-ce que je demande ? que la feule confolation de retour-ner en ma Patrie, d'y fuivre un Pere, d'y paffer le refte de mes jours dans une auftere retraite, à fes côtés, au-près de lui, oui, de vous, dont la préfence affurée me fuffira pour ne rien fouhaiter fur la terre; ou fi je ceffe à vos yeux d'y mériter le glorieux nom de votre fille, que je vous fuive comme une fimple efclave, je m'en impofe, s'il le faut, dès ce moment tous les devoirs... Que votre erreur eft déplorable, aveugle créature, in-terrompit-il à demie-voix, & d'un ton qui ne me fit que trop connoître combien il étoit tranquille, & com-bien peu je l'avois émû; vous élevez au Ciel des vœux inutiles & fuperflus. Quoi! mon Pere m'abandonne! frémiffez, reprit-il, infortunée créature, & apprenez que vous n'êtes point ma fille... Vous en avez mérité le nom, & mérité, peut-être, qu'il vous fût dû ; mais je ne puis vous voir errer plus long-temps dans les téné-

bres de votre état. Vous m'avez été livrée dans votre
enfance ; je vous ai reçue des mains d'un Pere proscrit ,
& les soins paternels que j'ai pris de vous , vous ont
jettée dans l'illusion. J'ai pensé plusieurs fois vous instruire de votre naissance & de l'événement qui vous a
fait tomber en ma Maison ; mais considérant qu'il eût
fallu vous raconter la tragique histoire de votre véritable Pere, qui ne vit plus , ou qui, s'il respire encore, doit
être en quelque part du monde qu'il habite , le plus infortuné de tous les hommes ; j'ai cru mieux faire , de
flatter jusqu'au bout votre ignorance & votre erreur , &
de vous dérober à de tristes lumieres , qui ne pouvoient
servir qu'à vous éclairer sur la désolation totale de votre
famille. . . . . . C'est donc pour adoucir , ou pour
réparer en quelque maniere le fatal avenir , dont je vous
ai vûe menacée , que j'ai conçu le dessein de vous remettre dans les bras du Pacha d'Alep , & comme je n'ai plus
rien à vous céler , après ce que je viens de vous dire ,
& qu'il faut indispensablement que vous subissiez le sort
qui vous attend ; je vous annonce que vous ne sçauriez
trop-tôt vous élever au rang de son Epouse ; que votre
ambition doit se réduire à mériter les graces de votre
Maître , afin de parvenir à vous faire distinguer de tant
d'autres femmes qu'il aime & qu'il chérit ; je vous laisse
donc en sa puissance , & vous fais un éternel adieu. . . .

On a pû jusques-là me suivre dans les premieres horreurs de ma destinée ; mais je le demande ; qu'elle est
l'ame sensible qui ne me perdra pas de vûe dans l'abîme où ce dernier coup m'engloutit ? & où mes sens fu-

rent confondus ? Comment fe repréfentera-t'on une fille
à mon âge, nourrie dans la Maifon d'un Pere, élevée
par fes foins, qui ne voit dans ce Pere qu'une autorité
légitime qu'elle refpecte, qui ne reçoit de ce Pere que
des bienfaits qui l'attachent & la foumettent encore
plus ; une fille enfin, qui, d'un état fi tranquille & fi
doux, ne peut s'attendre qu'à paffer dans un autre diffé-
remment heureux, qui fent même déja que fon cœur
l'y porte à la vûe d'un Amant aimable, & peu à peu
d'un Amant qu'elle aime, & qu'elle aime enfin à l'excès ? Qui pourra, dis-je, fe repréfenter une fille en cet
état, enlévée foudain par ce même Pere, tranfportée par
les Mers dans un Serrail affreux, pour y fubir le plus indigne efclavage, pour y être condamnée, livrée à fes
barbares volontés & à fes affections furieufes, ou à la
peine d'une infernale prifon ? Certes, qui pourra fe faire
une image de toutes ces chofes, gémira dans le fond
de fon cœur, à la vûe de l'innocence accablée à ce point ;
fes cris arracheront la pitié de l'ame la plus infenfible ;
on ne verra point une fille expirante fur ce lit de douleurs, implorant le fecours des Dieux & des hommes,
par des gémiffemens, par des fanglots, par des torrens
de larmes, qu'on n'en foit touché & attendri au point
d'en répandre foi-même . . . Et fi le Ciel femble encore
ne pas l'abandonner entierement, fi quelque efpoir lui
refte, quand elle penfe qu'un Pere qui l'aime, ignore
l'excès de fes peines, qu'il en fera peut-être inftruit,
que la nature alors fe fera mieux connoître, & lui infpi-
rera les moyens de les faire finir, fi l'image de l'Amant

paffionné

paſſionné qu'elle adore, ſe préſente ſans ceſſe à ſes yeux.
Si enfin, l'amour extrême qu'il a pour elle ſoutient ſon
ame en de ſi terribles épreuves, & lui promet des miracles pour la délivrer des tourmens qu'elle endure, je
le demande ? Quel eſt le mortel ſur la terre qui ne fré-
miroit pas de voir l'affreuſe vérité ſe dévoiler, ſe pré-
ſenter aux yeux de cette malheureuſe Fille, ſon Pere
mort, & ſon Amant perdu pour jamais ? . . . Détour-
nons-nous d'un tableau ſi funeſte, il ne pourroit que
rouvrir en moi des playes mortelles, & de nouvelles
douleurs que je n'aurois pas la force de ſupporter ; elles
ſeroient aujourd'hui plus violentes, & plus dangereuſes
que dans la Tour du Soïc, où j'en fus atteinte, & où
je me rappelle que tout ce qui ſe paſſa dans mon ame
pendant même un nombre de jours, ne fut qu'un égarement, qu'un bouleverſement général de mes ſens &
de ma raiſon. Elle en fut étrangement affoiblie ; c'eſt
l'effet ordinaire, & le terme commun, où l'extrême
ſouffrance nous amene ; cependant il arrive enſuite, &
je l'ai tant de fois remarqué, qu'en quelque ſituation
toujours déplorable & toujours la même qu'on ſoit réduit, l'activité naturelle de notre imagination ſe com-
bine & ſe retourne de tant de manieres, qu'au défaut
des ſoulagemens réels qui nous manquent, elle parvient
à en créer d'imaginaires, à l'aide des fantômes & des
illuſions qu'elle produit, & auxquels elle nous accou-
tume à la fin ; & c'eſt par de tels preſtiges qu'elle eſt
quelquefois capable de charmer les plus grands maux,
du moins pour un temps, parce qu'il ſemble alors que ce

H

qui nous refte de raifon fe retienne & s'arrête , &
qu'elle craigne elle-même de nous en faire fentir l'impof-
ture & l'erreur.

C'eft ainfi qu'étendue par terre fur les bords du Canal
qui traverfoit la cour de ma prifon, je paffois les journées entieres dans cette cour, où la lumiere du jour pénétroit à peine au travers d'un grand nombre de Cyprès
d'une hauteur énorme qui y étoient plantés ; c'eft ainfi,
dis-je, que mon cerveau allumé féduifoit mes fens affou-
pis, par des fonges frivoles & des vifions chimériques,
par lefquels néanmoins je cherchois à m'égarer dans
l'avenir. . . . Tantôt j'imaginois que ce Pere infortuné
profcrit, dont on m'avoit annoncé la mort déplorable,
refpiroit peut-être encore dans quelque part du monde;
que les décrets impénétrables du Ciel , me refervoient
à le recevoir, & à le reconnoître par quelque événement,
que je ne prévoyois pas, que le moment viendroit, peut-
être, où lui-même briferoit mes chaînes, & où je verrois
pour fa fille, & pour lui recommencer des jours heureux,
Tantôt je me flattois que le cœur du Pacha d'Alep ne feroit pas toujours fans remords ; que pouffé à bout par
les efforts de ma haine & de mes mépris, il tranche-
roit le cours d'une vie qui m'étoit à moi-même odieufe,
& termineroit mes maux ainfi, où que plutôt il auroit
la générofité de me remettre entre les mains du Marchand de Scio, ce Marchand perfide, pour qui j'avois
eu des fentimens fi tendres, fi conformes à ceux que
l'enfant doit au pere, fentimens, hélas ! que je ne pouvois pas encore arracher de mon cœur. Quelquefois

je fongeois que mon Amant alloit paroître, & payer
de tous fes tréfors le prix de ma rançon ; je le voyois,
je lui parlois, nos tranfports fe confondoient dans nos
ames, je m'enyvrois de fes regards, mon cœur s'en
épuifoit. . . . Miférables fantômes, déplorables illufions, anéanties comme l'éclair fuivi de la foudre, qui
fembloit après tomber fur ma tête, & me précipiter
dans de nouveaux abîmes de douleur.

Les jours de ma captivité s'écouloient dans ce cruel
mêlange d'efpérances imaginaires, & de tourmens,
réels & continus, & lorfque je rappellois ma raifon pour
m'en rendre compte, tout m'annonçoit que je n'en verrois jamais la fin.

Un jour étant affife au pied d'un de ces triftes Cyprès, les yeux fermés fur moi-même, & tout ouverts
à la contemplation de ma deftinée, j'entendis marcher
autour de moi ; c'étoit un des Eunuques qu'on avoit
commis à ma garde, & le plus humain des trois. Jeune
femme, me dit-il, écoute-moi, je te confie un fecret
important, le Pacha notre Maître eft attaqué depuis
peu d'une maladie violente, les Médecins d'Alep en
font troublés, ils ont employé inutilement tous les fecrets de leur Art, on va envoyer en toute diligence à
Samofate, où demeure le fameux Bezzoudour, le plus
éclairé des Aftronômes & des Médecins de toute l'Afie ;
mais l'opinion du Serrail eft que fi Bezzoudour employe
pour arriver les quatre journées de marche qu'il y a de
Samofate ici, il fera un inutile voyage, parce qu'avant
cela, le Pacha fuccombera, fans doute, à fon mal . . . .

Mets-donc, continua-t'il, plus de confiance au Dieu tout-puiffant qui difpofe des hommes, & qui régit les chofes de la vie à fon gré. Ton efclavage eft peut-être prêt à finir, du moins à changer, & s'il change, ce fera pour toi toujours un foulagement.

La vérité m'eft fans ceffe préfente; je ne connois que fon langage; je trouve ici de quoi m'humilier, de quoi rougir, fi je développe ce qui fe paffa alors dans l'intérieur de mon ame; mais c'eft une foibleffe pardonnable, dans les horreurs d'une prifon, & la confufion que j'en ai fuffiroit pour m'en punir. J'avouerai donc que le difcours de l'Eunuque, qui me furprit & me frappa, porta dans mon cœur une joye tumultueufe, dans laquelle je crus auffi-tôt voir la mort affurée de mon tyran, & ma prifon ouverte; je fentis renaître fubitement toutes mes forces; j'euffe été capable à l'inftant de partir, & de fuir la Syrie jufqu'aux extrémités de la terre . . . Je rendis graces, fans doute, à mon Eunuque de cette nouvelle; je l'intéreffai à mon malheur; je le priai de fe faire inftruire exactement de l'état du Pacha, de m'en faire part à toutes les heures, & s'il fe pouvoit, à tous les momens de chaque jour; il me le promit, & il n'y manqua pas; nos intérêts fur cet événement étoient en quelque maniere communs: car le Pacha d'Alep ne déployoit pas toutes fes rigueurs fur moi feule, il paroiffoit être la terreur de tous ceux que le deftin avoit condamnés à le fervir; je jugeois fon ame fans pitié, je croyois au moins alors qu'il n'en pouvoit fortir que des injuftices & des haines; auffi fon Pa-

lais à mes yeux reſſembloit-il plutôt à de vaſtes priſons
qu'au Serrail d'un Seigneur puiſſant ; mes plaintes &
mes gémiſſemens me ſembloient y en exciter d'autres ,
& y perpétuer l'image de la déſolation ; loin d'y avoir
un ſéjour ſemblable à ces Serrails des Princes d'Orient ,
où les jeux & les fêtes ſont l'occupation & les devoirs
des femmes , & où leur Maître partage avec elles tous
les plaiſirs qu'elles s'étudient à lui donner ; ce n'étoit
pour moi qu'un Palais de triſteſſe & de deuil , qu'un
aſſemblage d'Infortunés , de tout âge , de tout ſexe , li-
vrés à un éternel tourment.

Il eſt aiſé de comprendre quelle fut mon inquiétude
& mon agitation ſur la ſuite , & l'événement de cette
maladie. Zoah , mon Eunuque , m'inſtruiſoit de tout
ce qu'il en pouvoit apprendre ; quelques jours ſe paſſe-
rent , pendant leſquels le Pacha perdit peu à peu ſes
forces , & fut enfin déclaré hors de toute eſpérance ,
lorſqu'au moment même on entendit crier les Janiſſai-
res qui gardoient l'extérieur du Serrail ; ces cris étoient
des cris de joye : Dieu ſoit loué , diſoit-on , voilà le célébre Bezzoudour qui arrive , & qui va ſauver notre
Maître. Ce fut une rumeur extraordinaire ; elle parvint
juſqu'à mon Eunuque qui m'en informa ſur le champ.
On fit précipitamment paſſer l'Aſtrologue dans l'Appartement du Pacha , il prit tous les éclairciſſemens qu'il
jugea néceſſaires ſur les cauſes & ſur l'état préſent de
ſa maladie ; il y appliqua toute ſon intelligence & tous
ſes ſoins , qui réuſſirent ſi merveilleuſement qu'en très-
peu de temps il arracha le Pacha des mains de la mort ,

& qu'il le remit dans une pleine convalefcence.

Toute la ville d'Alèp ne manqua pas de donner les marques extérieures d'une joye éclátante pendant plufieurs jours ; c'étoient des Feux, des Illuminations, partout des Chants à l'honneur de Bezzoudour, par lefquels on l'élevoit au-deffus des autres hommes, comme fi c'eut été quelque nouveau Prophête envoyé parmi eux. Les Officiers de la Maifon du Pacha fe rendirent chez lui ; tous les Principaux de la ville à leur exemple s'y rendirent auffi. Le Pacha lui-même fe voyant enfin rétabli d'une maniere prefque miraculeufe, conçut une opinion extraordinaire de la fcience & des talens de Bezzoudour ; il envifagea cet Aftrologue comme un autre Avicenne, comme un tréfor précieux qu'il eût fort fouhaité conferver à Alep, & il lui déféra toutes fortes d'honneurs.

Zoah, mon Eunuque, m'apprit que les Fêtes & les Réjouiffances du Peuple, ainfi que les louanges qu'on donnoit à ce Philofophe, avoient extrêmement flatté le Pacha, & répandu dans fon ame une férénité, une joye, que perfonne jufqu'alors ne lui avoit encore connue, & j'eus moi-même une preuve évidente de cette métamorphofe en lui, lorfque, quelques jours après, il m'envoya un Officier de fa Maifon, pour me dire qu'il confentoit à finir mes peines, & qu'il comptoit que ces premieres épreuves me feroient rentrer dans mes devoirs.

On me retira de la Tour du Soïc, & je n'eus que le Parc à traverfer pour entrer dans une grande Gallerie, d'où l'on me fit paffer en plufieurs Salles, & enfin

dans celle où il m'attendoit. . . . Approche-toi ! me
dit-il, fans crainte, viens, fille de Scio, je t'offre une
place à mes côtés, tu t'es rendue criminelle à mes yeux
au moment même que le Ciel t'a mife en ma puiffance;
mais il en coûte moins de pardonner que de punir
lorfque le cœur en donne le confeil : juge fi tes premiers regards, quoiqu'allumés d'une indigne colere,
ont pénétré mon ame de tendreffe & de pitié ; juge de
l'empire que je t'aurois cédé fur elle, fi la tienne eût
été capable de fentimens plus doux & plus conformes
à ton état. Je pardonne, continua-t'il, à ta fragile jeuneffe. Je te fais libre dans mon Serrail, je t'y admets
au premier rang de mes femmes ; viens prendre part à
la joye univerfelle que le rétabliffement de ma fanté fait
éclater dans tous les cœurs, & mérite par tes fentimens
autant que par tes charmes, de paffer près de moi des
jours paifibles & fortunés.

    Ce difcours me fit une vive impreffion. Je voyois
devant mes yeux le maître de ma vie ; à peine étois-
je fortie de l'horrible prifon, où il auroit pû me la
faire confumer dans les tourmens ; je me voyois condamnée à la paffer, cette vie dans l'efclavage, & maîtreffe pourtant d'en adoucir en quelque maniere la rigueur ; d'ailleurs fans fecours, fans appui, abandonnée
de toute la nature, mes cris au Ciel tant de fois élevés en vain, tant de fois ayant attendu des miracles
d'amour, & tant de fois m'étant convaincue par moi-
même que mon Amant devoit être à jamais perdu pour
moi : hélas ! à qui pouvois-je avoir recours en cette

accablante extrêmité ? Je voudrois que la vertu , que la fainteté me parlât elle-même , & me fît connoître aujourd'hui la voye que j'euffe dû prendre alors , pour conferver toute l'innocence , toute la pureté de mon cœur , en me préfervant des nouveaux coups que je voyois fufpendus fur ma tête. Voici cependant ce que je fus capable de lui répondre , lorfque je m'apperçus que mon filence étoit déja prêt à l'aigrir : Seigneur , (lui dis-je ,) je fçais que je fuis votre Efclave , que ma deftinée eft dans vos mains ; je comprens , que fi le Ciel a voulu me faire furvivre à l'infamie des prifons où vous m'avez précipitée, c'eft qu'il a réfolu fans doute de conferver mes jours dans ce Serrail à votre fuite , & fi telle eft fa volonté , je me profterne devant fes de-crets ; mais , (ajoutai-je) , s'il eft vrai que vous ayez déja jetté des yeux de pitié fur moi , fi ma timide, fi ma tremblante jeuneffe a donné des bornes à votre cour-roux , je vous implore aujourd'hui pour obtenir des bornes à vos bontés ; vous me voyez fans forces, fans vie , chancellante , accablée , & prefque détruite par tous les maux que vous m'avez caufés. . . . Confiderez que les triftes foupirs qui s'élancent du fond de mon ame , paroiffent en être les derniers foupirs. Je tombe à vos pieds mourante , & j'implore votre compaffion. Je n'eus pas en effet la force d'aller plus loin. . . . , Le Pacha me parut fatisfait de ce premier retour vers lui, il me tendit les bras , me releva , & ordonna enfuite que l'on me conduisît dans l'appartement qui m'étoit deftiné.

Mes

Mes Eunuques m'y fuivirent, des Femmes Efclaves y vinrent, je trouvai des bains prêts, des rafraîchiffemens & des parfums, les jours fuivans furent les mêmes, on eut pour moi toutes fortes d'empreffemens, de vigilance & de foins ; mais bien loin que ces nouveaux traitemens fuffent capables de me rendre mes forces & ma fanté, je fentis qu'elle s'affoibliffoit d'un jour à l'autre, au point que bien-tôt après je tombai dans une maladie de langueur qui fit juger que j'étois près de ma fin. On s'efforçoit de me donner tous les foulagemens imaginables, toutes les confolations poffibles, mais fans fuccès. Mon Eunuque Zoah qui s'étoit attaché à moi plus particulierement que les autres, en reffentoit de vives inquiétudes ; ma feule confolation étoit de voir par fes veilles, par fes foins, les mouvemens de fon affection ; il rendoit compte au Pacha tous les jours de l'état de ma maladie, il lui en fit un jour un tableau fi trifte & fi touchant, que le Pacha fe tranfporta dans mon appartement lui-même, pour s'en inftruire par fes propres yeux ; il m'en parut attendri : Seigneur, (lui dis-je,) voilà enfin votre Efclave expirante ; n'imputez qu'à vous-même la perte que vous en allez faire ; vos févérités m'ont mife dans cet état, & font caufe que je vais perdre une vie que je connois à peine encore, & que je ne fçaurois regretter ; je ne dois pourtant pas la quitter fans vous apprendre, que jamais je ne me fuis crue deftinée à l'efclavage, que je me fuis toujours fentie en droit de difpofer de mon cœur & de ma main, que ces fentimens font nés avec moi,

I

& n'ont jamais pû faire place à d'autres ; que s'il y a eu un homme capable de me dérober le secret de ma naissance & de mon état ; que si un Marchand de Scio a bien pû être assez perfide & assez inhumain pour m'enlever & me livrer , comme il a fait , à une odieuse captivité , j'ai des graces à rendre au Maître des Maîtres , dont la main va me fermer les yeux ; je les lui rends du fond de mon cœur , de m'enlever dès la fleur de la jeunesse la plus tendre , & de me reprendre dans son sein sacré, telle que j'étois & que je suis.

A ce discours le Pacha fut ému à la fois de colere & de pitié ; le fidele Zoah s'en apperçut, il se prosterna à ses pieds & lui dit . . . Puissant Roi de Syrie, sois favorable à la Priere que te va faire le dernier de tes Esclaves, mais le plus ardent & le plus zélé ; tu vois périr cette jeune femme à tes yeux , c'est la plus belle fleur de tes Jardins , qu'un soufle impur va détruire lorsque tu peux l'en garantir ; hélas ! elle t'est chere , & nous le sçavons ; les soins que tu nous as ordonné de prendre autour d'elle nous le prouvent assez ; ta colere , ta vengeance & tes attendrissemens enfin , ne permettent pas qu'on en doute. Comment donc te refous-tu à voir l'Ange de la mort prêt à te l'enlever ? Si tous les Eunuques , Astrologues & Médecins de ton Palais ont épuisé leur science , ne te reste-t'il pas une ressource infaillible , celle même à qui tu dois le jour ? Quoi ! tu possèdes dans la ville d'Alep le plus éclairé des Sçavans de l'Asie, le plus célébre des Philosophes & des Médecins, & ton humanité , & ta bonté, & ta compassion

pour cette jeune femme , ne te permettront pas , dans
une conjoncture fi trifte , de franchir une fois l'auftere
bienféance de ton Serrail ? Permets donc que le fameux
Bezzoudour en ait l'accès ; fouffre qu'il pénétre jufques
dans cet intérieur , & fois le témoin toi-même de ce
qu'il prononcera fur la durée des jours de cette jeune
Infortunée , de ce qu'on pourra encore en attendre , ou
de ce qu'il faut en défefpérer.

J'y confens , reprit le Pacha ; mais qu'elle fente le
prix du facrifice que je lui fais : car je jure , que fi
après fon rétabliffement, je ne vois point par fon zéle &
fes empreffemens une reconnoiffance fans mefure , égale
à ma bonté , elle doit s'attendre à une vengeance capable
d'aller encore au-delà. Alors il appella un Efclave , & lui ordonna d'aller chercher Bezzoudour ; il
parla bas à mon premier Eunuque ; je compris qu'il donnoit fes ordres pour toutes les précautions qu'il vouloit
que l'on prît , avant que Bezzoudour fut arrivé. En
effet , je vis fermer toutes les ouvertures , toutes les fenêtres de ma chambre , je vis étendre un drap de foye
autour de mon lît , & ce drap de foye m'enfermoit de
maniere qu'aucune lumiere de ma chambre , n'auroit pû
pénétrer jufqu'à moi. En peu d'heures j'entendis un
grand monde entrer dans cette même chambre , c'étoit
le Pacha fuivi de Bezzoudour & de plufieurs Eunuques ;
quatre de ces Eunuques portoient des flambeaux & fe
tenoient autour de moi ; quatre autres le fabre à la main ,
environnoient Bezzoudour ; c'eft de Zoah que j'appris
le lendemain toutes ces formalités. On apporta des

carreaux , on les rangea fur le tapis de ma chambre ;
le Pacha vint s'affeoir près de moi , Bezzoudour de même à mon chevet ; en forte que fans pouvoir percer la
nuit obfcure du dedans de mon lit , je ne laiffois pas de
fentir que le feul drap de foye nous féparoît. Le Pacha
enfuite s'adreffa à Bezzoudour , & lui dit : Homme célébre , & digne de toutes louanges, toi qui m'as garanti
d'une mort prefque certaine , vois quelle éminente place
tu tiens dans mon eftime , puifque contre toute regle
je te donne l'entrée dans l'intérieur de mon Palais ; mais
fi ta haute fageffe m'y détermine , je t'avouerai que j'y
fuis encore excité par l'intérêt violent dont mon cœur
eft épris pour une de mes femmes , près de laquelle je te
fais affeoir ; j'envifage avec effroi le danger de fa vie ;
elle eft atteinte depuis quelque temps d'une langueur
qui tous les jours s'augmente , & qui femble annoncer
une déplorable fin. . . . Je veux donc que tu déployes
ici tous les fecrets de ton Art, que l'effor de ton génie
te guide & t'éleve , & te faffe porter tes regards jufques
fur la table de lumiere , pour y lire l'arrêt de fon deftin.
Seigneur , lui répondit Bezzoudour , je vous ai voué
mes fervices , tout ce qui approche de votre perfonne
les mérite & les exige comme vous-même; la langueur
effrayante dont votre jeune femme eft atteinte , peut
encore recevoir des fecours humains , & les miens peut-
être auront leur fuccès ; mais s'il faut que je juge de
l'état de cette femme fciemment , il faut que je fois
premierement inftruit de l'état du fang qui coule dans
fes veines , & c'eft ce que je ne puis connoître , fi vous

ne m'autorifez à tenir fon bras dans ma main, ce drap de foye qui nous fépare me garantira fous vos yeux de l'immodeftie qu'il y auroit à la toucher, & rien n'empêchera qu'au travers de ce même drap de foye je n'acquierre la premiere connoiffance dont je ne puis me paffer. J'y confens, dit le Pacha.

Bezzoudour alors m'adreffa la parole, & me dit: Femme d'Aly, foulevez votre bras, faites qu'il pofe fur ma main : mais j'étois dans un fi grand affoupiffement, mon ame ainfi que mes yeux, étoient plongés dans de fi profondes ténébres, que j'avois à peine l'efprit préfent à ce qui fe paffoit. Bezzoudour répéta : Femme d'Aly, foulevez votre bras, & le pofez fur ma main. . . . A ces derniers mots je revins à moi, je foulevai ma tête, mes yeux s'entr'ouvrirent, comme dans le cours d'un fonge qui fe trouve interrompu, où l'on ne fçait encore fi l'image qni fuit eft chimérique, ou réelle. . . . Mais Bezzoudour pour la troifiéme fois me dit d'un ton plus élevé : Femme d'Aly, entendez-moi, pofez votre bras fur ma main ; je levai donc mon bras tout tremblant, je l'avançai, & le pouffai contre le drap de foye qui me touchoit, & je fentis que fa main le reçut ; il le tint quelque temps dans cet état ; mais un profond filence regna dans toute la chambre, & on entendit ces paroles : J'attefte le Ciel, que fi le bras que ma main fupporte, eft orné d'un bracelet de fix chaînes d'or, que fi ce bracelet eft orné de douze diamans blancs & noirs, quiconque le poffede doit efpérer la fin prochaine de fes douleurs. . . . Qu'entens-je ! Quelles paroles ! Eft-ce

que je rêve ! Non ,, je veille (me difois-je). C'eft lui qui
me parle , c'eft lui-même ! & par quel miracle cela de-
vient-il poffible ! Une vapeur brûlante s'alluma fubitement dans ma tête , je me crus tranfportée dans le vuide
des airs , parmi des feux & des fillons de lumiere ; que
mes foibles yeux ne pouvoient foutenir ; tout ce que
j'entendois n'étoit que preftiges & illufions , mon cœur
qui en reffentoit un trouble & un défordre inconcevable , ne fuffifoit pas encore à m'en perfuader . . . Quoi !
ce Philofophe célébre ! cette lumiere de l'Afie ! ce Bezzoudour venu de Samofate en ce Palais pour y fauver la
vie du Pacha , qu'on amene pour fauver la mienne jufqu'au chevet de mon lit ; ce même Bezzoudour (me
difois-je) fait place ici à mon Amant qui me ferre actuellement la main , lui de qui je me croyois entierement abandonnée ; lui que je penfois être au-delà des
Mers , dans les bras de quelque nouvelle Epoufe , prêt
à éteindre fes premiers feux ; lui , dont j'euffe voulu pouvoir effacer mille fois l'image , qui feule caufoit tous
mes malheurs , & qui feule me donnoit le courage de
les fupporter ? Quoi ! c'eft lui que je ne puis voir , mais
que je fens à mon chevet , qui tient ma main , qui l'en-
veloppe & la ferre dans la fienne , à la face même de
notre ennemi. J'étois tranfportée fi loin de moi-même ,
que toute cette avanture me paroiffoit à perte de vûe.
Il m'avoit été défendu de parler , de prononcer un feul
mot ; hélas ! quand j'aurois été libre de le faire , l'épuifement de mon ame étoit fi grand , que chaque mot fe
feroit évanoui fur mes lévres , que mes plus grands

efforts n'auroient pû éclater que par des foupirs pro-
fonds; auffi fentis-je tout-à-coup les efprits de ma vie
paffer dans cette main que foutenoit mon Amant , ou
plutôt dans fa main même , dont le toucher m'enleva
dans une efpece d'extafe & de raviffement ; images de
ces joyes céleftes , qui font trop au-deffus des fenfations
humaines pour qu'on puiffe les contenir.

Mais que devint pendant cela mon adorable Belzek ?
il ne me refta pas la faculté d'y penfer. Je m'en in-
formai tremblante après cette fcène ; Zoah m'apprit
qu'il avoit fait une affez longue féance à mes côtés ,
qu'il avoit obtenu du Pacha la permiffion d'en faire
encore une ; j'entendis moi-même le refte de leur converfation, qui finit par ces mots : Seigneur, dit le prétendu Bezzoudour, je vous remets trois tablettes pour
l'ufage de cette perfonne ; elles renferment un baume
précieux ; que cette jeune femme les reçoive de votre
main auffi-tôt que je me ferai retiré ; peut-être arri-
vera-t'il qu'elles opéreront en elle un prompt foulagement. J'entendis alors du bruit & du mouvement ,
Belzek fuivit le Pacha, tout difparut ; mais il eft vrai
que fi la perte de mon Amant, fi les cruautés du Pacha m'avoient accablée de douleurs mortelles, cet événement qui fut pour moi un vrai miracle, fit en moi
tout-à-coup auffi le miracle de ma guérifon ; & tout
fembloit y concourir. Quels charmes en effet ne ré-
pandoit-on pas dans mon cœur, quand j'entendois ce
Palais retentir du nom de Bezzoudour , lorfque mes
Femmes & mes Eunuques, autour de moi , s'entre-

tenoient inceſſamment des prodiges qu'on lui voyoit
faire , non-ſeulement au Serrail , mais encore dans toute
la Ville d'Alep, où j'apprenois qu'il acqueroit de jour
en jour l'amour des grands & des petits , aſſiſtant les
uns , éclairant les autres , ne s'occupant qu'à ſervir tout
ce qui ſe préſentoit ? Non , certes , me diſoient mes Eunuques , Bezzoudour n'eſt point un homme ſemblable
aux hommes ordinaires , à ceux même dont on van-
te la haute ſageſſe & la ſcience profonde. Qui dit
un ſage parmi nous , dit un homme de qui les paſſions
ſont à couvert ſous le manteau des années , de qui la
ſcience eſt le fruit ordinaire d'une longue expérience ,
de qui le ſçavoir & la ſageſſe ſont toujours gravés ſur
ſon front ; & Bezzoudour n'y porte que les graces de
l'aimable adoleſcence ; il paroît parmi nous bien moins
ſous l'apparence d'un Philoſophe , que ſous la forme de
ces Génies bienfaiſans , qui ſe plaiſent quelquefois à ſe
confondre parmi les hommes , pour les ſecourir dans
leur vie , pour les conduire & les mener à des douceurs & à des biens , que d'eux-mêmes ils n'y trou-
veroient pas. Non , certes ! (repetoient-ils) Bezzoudour n'eſt point de la claſſe commune des hommes , ni
de celle même des Sages d'Orient. . . . Je les écoutois ſans les interrompre , toute occupée de l'image de
mon Amant , que ces diſcours paroient & embelliſſoient
à mes yeux ; c'étoit une fête au dedans de mon ame ,
j'y voyois Belzek en effet comme un Ange de lumiere ,
prêt à me donner ſes tout-puiſſans ſecours , contre mon
Oppreſſeur & mon Tyran. Je me conſiderois captive
dans

dans une triple clôture, environnée d'Efclaves vigilans ;
mais comme fi le Ciel même m'eût parlé, j'attendois
tranquillement le moment infaillible où mon Amant,
comme un autre Génie, devoit renverfer ces murs &
m'enlever de cet infâme Serrail. Je fçavois qu'au cin-
quiéme jour fuivant il reviendroit prendre fa place auprès de moi ; je n'ignorois pas qu'il ne me feroit
point permis de l'y voir ; mais quoique le voir fût fans
doute alors l'objet de mes vœux, je ne fçais quelle
fécurité intérieure m'empêchoit de m'en affliger. J'étois
la plus contente & la plus fortunée des femmes, de
penfer feulement qu'il reviendroit à mes côtés ; que
nous pourrions encore preffer le drap de Soye que l'on
oppoferoit entre nous ; que mon cher Belzek repren-
droit la main de fa chere Daïra, qu'il la tiendroit
encore dans la fienne ; que nos ames s'y réuniroient,
& que par des liens toujours invifibles, & des élancemens toujours plus violens, elles s'enchaîneroient de
nouveau pour fe pénétrer l'une de l'autre plus intime-
ment que jamais ; je dévorois avec tranfport toutes
ces efpérances, & l'intervalle du temps qui s'écoula
ne fut pour moi qu'un fonge délicieux ; rien ne le trou-
bloit en effet que la contrainte que j'avois à m'impofer, pour dérober à mes Eunuques la connoiffance de
ma fecrette joye, & de mes douces agitations que je
m'efforçois de renfermer au-dedans de moi-même, &
qui quelquefois dans mes mouvemens, dans mon maintien, jufques dans mes regards, perçoient & fe déce-
loient encore malgré moi.

K

C'eſt ainſi que j'attendois ce jour promis ; il arriva enfin. Mais, oh jour terrible ! & comment oſer ſe rappeller, ſe repréſenter, & ſe peindre ma chambre de toutes parts fermée, le dedans de mon lit inacceſſible à toute lumiere, par le même drap de Soye dont il étoit entouré ? Le Pacha au pied de ce lit, Belzek à mon chevet, environné d'Eunuques., les torches & les ſabres à la main ; comment, ſans frémir, imaginer l'appareil de cette ſeconde viſite, lorſqu'on ſçait ce qui s'y paſſa. Etant donc extrêmement attentive à ſes mouvemens, auſſi-tôt que je le jugeai aſſis à mon chevet, je lui tendis le bras d'abord, ma main cherchoit celle de mon Amant ; aurois-je pû la retenir ? Mais pendant un aſſez long temps je ne ſentis point la ſienne s'avancer de même, & rien ne pouvoit ſervir à m'en expliquer la raiſon ; car il régnoit alors dans toute ma chambre un grand ſilence, qu'à la fin le Pacha interrompit par ces mots. Je t'ai donné, Bezzoudour, une preuve ſignalée de l'opinion que j'avois de ta haute Vertu ; tu vois que je t'en donne une nouvelle. Les ſentimens de ton cœur y repondront-ils juſqu'au bout ? Seigneur, reprit le prétendu Bezzoudour, je conçois par les efforts que vous faites pour tranſgreſſer la régle des Serrails, pour me faire pénétrer juſques dans l'intérieur du vôtre, combien vous touche & vous importe la vie & la ſanté de cette précieuſe femme. Non, reprit le Pacha, tu ne ſçais pas encore à quel point, & je vais te l'apprendre. Tu m'as donné trois tablettes pour ſon uſage ; je n'ai pû me défendre de les examiner par moi-

même, pour connoître le baume qui y étoit renfermé;
je les ai rompues ces tablettes; regarde, continua-t'il,
ce que j'y ai découvert. A l'inftant il en tira une, qui
fe trouva n'être qu'une écorce feche & fine, dans laquelle étoit renfermée une petite feuille de papier roulé :
tiens, dit-il, regarde cet écrit que je tiens en mes mains;
as-tu la force & l'impudence de lever tes yeux jufqu'à
moi ? Tu ne le peux, ou tu ne l'ofe : écoute-moi, je
vais te lire ce qu'il contient. . . . Le Pacha accompagna
ce difcours de fes regards finiftres, & lût hautement
ce peu de mots. *Daïra! idole de mon cœur, ton affreufe
captivité me fait gémir plus que toi, j'entreprens de t'en
délivrer, fallût-il pour cela des prodiges & des miracles,
repofe-t'en fur mon amour.* Fourbe infigne ! s'écria le
Pacha, d'un ton foudroyant, quelle eft ton audace !
mais quelle eft ta perfidie ! je te défere les plus grands
honneurs ; je te comble de mes bienfaits ; je te reçois
dans mon fein ; & c'eft dans mon fein, dans mon
propre fein, que tu conçois le projet abominable d'enlever ma femme à mes yeux. Tu mourras ! . . Ciel !
m'écriai-je, arrête, malheureux, ou frappe-moi des premiers coups. Je prononçai ces paroles avec des cris à
fendre la voûte, & je m'agitai tout-à-coup avec tant
de tranfport & de violence, que je rompis & brifai ce
qui m'environnoit, les rideaux de mon lit, le drap de
foye, tout fe fépara & tomba par terre, & me fit voir
auprès de moi le Pacha interdit & glacé ; & comme fi
quelque furie m'eût foudain prêté fa force & fa rage,
je portai tout-à-coup la main fur fon poignard, je le

K ij

tins dans ma main flamboyant, & lui dis : Tyran! fi mon Amant eft ta victime, tu vois en moi fon vengeur; je vais percer de mille coups ton cœur barbare ou le mien; & j'étois le bras levé, mes yeux enflammés, tout dévorans les fiens, toute prête à lui porter un coup mortel... Ma témérité l'effraya, & lui fit faire quelques pas en arriere... Cette action répandit dans toute la chambre une épouvante & une horreur, qui s'accrut encore par un plus profond filence, par la confternation répandue fur la face de tous ces noirs Eunuques, à la lueur de leurs torches funébres, à l'éclat de leurs Cymeterres fufpendus fur la tête de mon Amant ; mais je le vis tout-à-coup s'approcher du Pacha d'un pas affuré, & lui adreffer ces paroles.... Pacha ! vois ! ce que peut dans nos ames un amour à la fois exceffif & malheureux ; l'audace de Daïra te le fait connoître autant que ce Billet te l'a appris, je parois coupable à ton égard ; mais j'ai rempli mes devoirs auprès d'elle... Ferme un inftant les yeux fur l'affreux tableau de cette fcène, & prête l'oreille à la vérité qui te parle. Daïra eft en ton pouvoir aujourd'hui, mais apprens que fon efclavage ici n'eft que l'effet d'une trahifon déteftable. Tu l'as reçue des mains d'un Marchand de Scio ; tu la confonds en ton Serrail parmi les femmes qu'un fatal deftin à fait naître dans les Pays conquis & fubjugués par les Sultans, & qui trouvent dès le berceau les loix de leur efclavage écrites fur leur front : connois Daïra, vois en elle une fille Turque, de qui l'état eft libre, & qui peut t'attirer de redoutables ennemis. Sçache que je

fuis en état de t'éclaircir cette vérité, de t'en convaincre, & de demander juftice de l'oppreffion que fouffre
ici dans un féjour odieux, une fille libre & indépendante, contre laquelle tu ne peux rien, fans violer in-
jurieufement les loix qui la protegent ; mais apprens
tout, & connois-moi comme elle. Je ne fuis point ce
fameux Bezzoudour de Samofate ; tu vois en moi un
jeune Etranger forti de fa patrie, & prêt à y retour-
ner lorfque je pourrai remporter avec moi le bien qui
m'a été ravi : c'eft Daïra que je vois fouffrante dans
une indigne captivité ; c'eft-elle qu'un perfide Marchand a bien pû arracher de mes mains, dans le temps
même qu'à la face du Ciel nous nous faifions l'un à
l'autre le ferment inviolable d'être unis à jamais : c'eft
cette moitié de moi-même, fans laquelle je ne puis
vivre, après laquelle je cours, qui m'a fait entreprendre de fuivre jufqu'à la fin fon fort, & d'en faire le
mien. On l'a arrachée de mes bras, je l'ai fuivie pour
la fauver, je fuis parti de Scio comme elle, je me
fuis rendu à Alep, réfolu d'y paffer le refte de ma vie
plutôt que d'en fortir fans elle. J'ai tenté plufieurs
projets, ton impénétrable Serrail les a tous détruits.
Le Ciel enfin a permis que tes jours fuffent mena-
cés d'une fin prochaine, & que j'aye fçû que tu dé-
firois le Médecin de Samofate, j'ai trouvé le moyen
d'empêcher qu'on y fût : on n'y a point été, & après
quelques jours écoulés, je me fuis fait annoncer comme
fi c'eût été Bezzoudour lui-même. Je te demande ici,
Pacha, de confiderer un moment qu'on m'a rendu maî-

tre de ta deſtinée ; que ta vie a été en mes mains ; que
j'ai pû en diſpoſer impunément à mon gré ; reprens ta
place un inſtant ; maître de trancher le cours d'une vie
qui ne pouvoit m'être que funeſte ; je ne détruiſois en
toi qu'un raviſſeur, qui ne m'étoit connu que par ce
titre odieux ; je faiſois ceſſer un honteux eſclavage,
& mon Épouſe étoit à moi. Conſidere, Pacha, continua Bélzek, que dans ces mêmes circonſtances, on m'a
vû employer ardemment tout mon peu de lumieres, &
faire uſage de quelques ſecrets qui me ſont parvenus
par une eſpece de miracle, pour opérer en toi une
prompte guériſon. Toute la Ville d'Alep en fait encore
mes éloges ; mais au moins dois-tu bien penſer que je
n'agiſſois pas ainſi ſans objet, & que ſi je te donnois
cette preuve inſigne de ma généroſité, ce ne pouvoit
être que pour t'en inſtruire & pour obtenir le prix qu'elle
méritoit. En effet, Daïra qui eſt l'ame de toutes mes
démarches, étoit le prix que j'en attendois, & j'étois
un jour ſur le point de t'en faire la demande, lorſqu'on
me fit l'hiſtoire de ton cœur ſans pitié ; lorſqu'on m'apprit que les chambres de ton Serrail étoient d'invinci-
bles priſons ; lorſque je ſçûs enfin que ma malheureuſe
Epouſe avoit été précipitée par tes ordres barbares dans
les cachots de la Tour du Soïe. Juge ! ſi tu le peux !
quels furent les tourmens de mon cœur & les tranſports de ma colere, d'imaginer Daïra, le flambeau de
ma vie, la reine de mon cœur, que je voudrois voir
aſſiſe ſur les trônes ; Daïra ! priſonniere comme une criminelle, abandonnée aux ſanglots & aux larmes, lan-

çant au Ciel des cris qui sembloient parvenir à moi, des cris que je croyois entendre me reprocher l'impuissance où j'étois de la secourir, ou m'accuser peut-être du crime affreux d'un abandon, le plus grand des crimes en effet que j'eusse pû commettre, après les vœux & les sermens que je lui avois faits, & que je lui fais encore d'attacher mon ame à la sienne, & mes jours aux siens : Juge des playes mortelles dont j'étois atteint, & des maux insoutenables que j'avois à souffrir, & ne t'étonne pas, si le Ciel ayant voulu qu'elle succombât aux siens pour te forcer à me faire arriver jusqu'à elle ; Ne t'étonnes pas si j'ai tenté sous le faux nom de Bezzoudour, de lui dévoiler son Amant, qui n'est ici que pour elle, qui n'a pris soin de ta vie, à toi, Pacha, que pour elle, & qui pour elle enfin, sacrifiera mille fois la sienne, s'il faut cela pour la sauver.

Belzek se tût à ces mots, fixant de ses yeux le Pacha, ainsi que je faisois moi-même, pour découvrir la véritable impression que ce discours auroit fait sur lui ; mais il ne lui échappa ni geste, ni regard, qui pût être expliqué pour ou contre nous ; ce qui nous rendit plus attentifs encore à la réponse qu'il fit en s'adressant à Belzek. Je te sçais gré, lui dit-il, jeune homme, de toute l'histoire que tu m'as racontée ; elle a suspendu les premiers mouvemens de mon courroux, en me faisant connoître à qui je dois le service que tu m'as rendu : certes, il est grand, & quelque peu d'estime qu'on fasse de la vie, qui nous la préserve mérite qu'on le reconnoisse, autant qu'elle peut durer ; mais tu n'ignores pas, que si

la vie eft un bien parmi les hommes, l'honneur en eft
un autre devant lequel tout difparoît, & que fi le bienfait que j'ai reçu de toi t'a rendu digne d'une ample récompenfe, le forfait que tu as commis dans le fanctuai-
re de mon Palais, emporte fa peine avec foi; que tout
autre que toi n'y furvivroit pas un moment. . . . Tu me
propofes d'être envers toi équitable & généreux; ma
bonté feule me fait aller plus loin, elle ne déploye fur
ton crime que miféricorde & compaffion; elle ne me
fait voir en toi qu'un Jeune Homme inexpérimenté,
abufé dans la folle paffion qui l'enyvre, qui vient ici pro-
faner un afyle facré, & m'y faire des outrages, dont
lui-même ne connoît pas l'énormité, & qui font affez
inouis pour qu'on puiffe les regarder comme de vrais
égaremens d'un foible efprit; c'eft dans cette penfée
qu'ici même où tu mets ma vie en danger, je te fais
grace de la tienne, & que je donne ma parole de Mu-
fulman qu'on n'y attentera pas. Mais écoute la condi-
tion que je prefcris, & n'en attends pas une autre. Je
veux qu'à l'inftant mes Eunuques te conduifent jufqu'aux portes extérieures de mon Palais; que là, douze
Janiffaires s'affurent de toi; qu'ils te guident, qu'ils
t'efcortent jufqu'au Port le plus prochain; qu'ils y or-
donnent & préparent ton embarquement; qu'ils en
foient les témoins, ainfi que de ton départ; & qu'ils y
demeurent, & ne reviennent, que lorfque ton Vaiffeau
voguant fur la vafte Mer fe dérobera entierement à leurs
yeux; puiffent enfuite les vents te faire voler comme un
trait jufqu'à ta Patrie, & s'il le faut, jufqu'au bout de
l'Univers.   Cœur

Cœur inhumain ! reprit mon Amant ; mais d'une voix que la fureur avoit déja presque éteinte, Ravisseur Barbare, rends-moi mon Epouse, que je l'emporte en mes bras ; tu me verras m'élancer comme un éclair, l'enlever de ces infâmes lieux, comme si je la sauvois d'un brâsier infernal, où je la verrois prête à périr. Rends-moi mon bien ; rends-moi mon Epouse, si tu veux conserver ma vie ; je ne vis que par elle ; si tu veux me la conserver sans elle, j'aime mieux cent fois mourir. Eunuques, s'écria le Pacha, qu'on s'empare de ce jeune homme, qu'on l'emmene, & que mes ordres soient à l'instant exécutés. Ces derniers mots me frapperent, comme si c'eut été l'Arrêt de ma mort. Vois-moi, lui dis-je, mon Amant ; vois ta femme qui te suit... Je fonds sur la troupe le poignard à la main ; Belzek passe de la défense à l'attaque ; je le vois renverser deux Eunuques qui couvroient le Pacha ; je le vois se saisir du sabre d'un autre, paroître au milieu de cette troupe, comme le Dieu des batailles, répandre autour de lui, dans toute ma chambre, la terreur & la mort. Ce fut un effroi si grand, un désordre si subit, qu'on entendit les cimeterres se choquer, tomber en éclats par terre, que les torches tout-à-coup s'éteignirent, qu'on fut à l'instant enveloppé dans une profonde nuit. Le reste m'échappa, je succombai à de si terribles efforts ; je me crus frappée de mille coups ; je tombai au pied de mon lit : je n'ai point sçu par moi-même la fuite de cette affreuse journée. Hélas ! ma mort auroit dû l'être ; le seul souvenir de cette scène exécrable étoit capable de

L

me la caufer; mais foit que le deftin m'eut donné des
forces capables de réfifter à ces coups, qu'il voulût peut-
être par-là me préparer encore à de plus grands, foit
que les premieres atteintes de douleurs que caufe une
playe récente, ne foient point auffi vives que lorfqu'elle
a fait fon progrès, & envenimé fon propre dépôt ; il
faut que je l'avoue, toute cette fanglante cataftrophe
fe repréfenta le lendemain à mes yeux, dénuée des circonftances effroyables qui devoient naturellement l'accompagner. On m'avoit tranfportée dans une autre
chambre ; je n'y vis rien qui m'indiquât ce qu'étoit devenu mon Amant. Je me retrouvai fous la puiffance du
Pacha, que j'avois outragé ; je crus du même coup d'œil
voir tomber fa vengeance ; mais tout fembloit m'affurer
au-delà, tout me perfuadoit que mon Amant s'étoit fait
jour au travers des Eunuques & des Gardes du Serrail ;
j'allois mourir tranquille, dans la confiance que mon
Amant étoit en fûreté. J'étois dans cet état le lendemain ; j'y reftai quelques jours de fuite, peu occupée
des momens qui me reftoient à vivre, lorfque je vis
quatre Noirs entrer dans ma chambre, & m'apporter
l'ordre de leur Maître, d'en fortir fur le champ, pour
me rendre au lieu où il m'attendoit ; c'étoit-là qu'on
devoit me juger.

A peine eus-je entendu ces paroles, que je me levai
& les fuivis ; on me fit paffer dans les Jardins ; on me
fit entrer dans un bois fort fombre, au centre duquel
étoit un Kioske, qui ne contenoit qu'une falle fpacieufe ;
j'entrai dans cette falle ; Aly Oglou y étoit affis fur une

efpéce de Trône ; on me fit avancer au milieu ; je me
trouvai tout-à-coup environnée d'un grand nombre de
ces noirs Eunuques , qui comme des fpectres fortans de
l'abîme , fembloient impatiens de s'y replonger avec
moi.

Alors le Pacha, après les avoir un temps confidéré ,
leur adreffa ce bref difcours : Fideles Eunuques ! vous
voyez la chétive Efclave qui a été capable d'attenter à
la vie de fon Maître , & d'outrager fon honneur , apprenez-moi quel eft le châtiment qu'on pourroit égaler à
fon crime ? J'écoutai ces effroyables paroles , fans être
prefque émûe : hélas ! & je ne puis pas feulement aujourd'hui me les rappeller fans que tout mon corps n'en
friffonne ; je vis alors un de ces monftres cruels, fe prof-
terner aux pieds du Pacha , la face contre terre , & lui
dire : Seigneur , quand les plus légeres offenfes d'un Efclave à fon Maître entraînent les grands châtimens , &
que tu nous expofes ici un attentat énorme contre ta Perfonne facrée , que pouvons-nous te répondre ? Ecoute
la Loi ; confulte ce que tu dois d'exemple à ton Serrail ;
ce qu'exige de toi ta propre fûreté , tu verras que tout
condamne ton Efclave à la mort , & qu'aucun motif ne
doit , ni ne peut la fauver. Cet Eunuque fe tût.

Un autre reprit : Tout puiffant Maître, notre deftinée
eft en tes mains ; tu peux difpofer de nos jours , quand
ils ne feroient pas même profcrits pour un crime attroce
tel que celui-ci ; mais plus les volontés font hautes &
abfolues , plus les Efclaves qui t'environnent font ab-
jects & rampans fous tes yeux ; cette diftance eft fans

L ij

mefure, & je conçois que ta feule pitié eft capable de
fe déployer, & de s'étendre affez pour atteindre jufqu'à
eux. Tu vois devant toi une miférable fille, que la Loi
condamne à périr, & tu la vois prête, foumife & réfi-
gnée à tes décrets ; mais tes yeux animés d'une lumiere
célefte, ne femblent pas faits pour voir trancher des
têtes dans le cœur de ton Palais, ni pour y voir le fang
humain ruiffeler fur tes tapis; tu peux foufcrire à ce que
la Loi, d'une part, te demande, & tu peux fuivre en
même-temps les mouvemens de ton cœur plein de compaffion, que cette infortunée coupable foit enlevée de
ces lieux, qu'elle foit enfermée à la Tour du Soïc,
qu'elle vive parmi les triftes cyprès dans une retraite
auftere, & que l'excès de fon repentir mérite enfin fon
pardon au dernier de fes jours. Ce fut à peu près là ce
que j'entendis prononcer au fecond Eunuque ; j'étois
pour ainfi-dire déja hors de la vie ; tous mes fens s'étoient
retirés ; j'appercevois peu à peu mes penfées fe détruire,
toutes mes idées fe réduire prefque à rien ; foit cependant que je fuffe plus particulierement frappée de la voix
du troifiéme Eunuque qui parla, je crus l'entendre plus
diftinctement, & lui-même m'a dit que je l'avois entendu ; il fe profterna comme les autres, & adreffa ce
difcours au Pacha.

Je ne crois point, vénérable Aly, que la tendreffe de
ton ame pût foutenir l'effort que tu aurois à lui faire, s'il
te falloit prononcer un arrêt de mort, de cette même
bouche qui n'eft créée que pour annoncer aux hommes
des graces & des faveurs. Il eft vrai que j'ai vû com-

mettre un attentat fur ta Perfonne ; mais, ô Roi de
Syrie ! quand je vois ce que c'eft que l'Efclave qui l'a
commis , & que j'ofe m'élever jufqu'à tes penfées , je
ne t'en juge pas plus irrité, ni plus émû que fi c'eut été
quelque infecte imperceptible , qui feroit venu fe pofer
fur ton front , que tu aurois laiffé voler ou difparoître ,
pour ne pas prendre la peine feulement d'y penfer.... Et
quelle eft en effet cette Criminelle qu'on te propofe de
punir ? La voilà ; jette les yeux fur elle ; confidere le
néant d'une jeune & malheureufe créature , qui n'a pas
encore atteint l'âge où la raifon fert de guide ; qu'on
eft venu remettre en tes mains ; en quel état , tu le
fçais ! dans l'agitation d'un déplorable délire , qui a jetté
le trouble dans fes fens , l'égarement dans fes efprits ,
& entraîné enfin ces triftes effets... Non , non ! Vénérable Aly , la maladie d'un fi foible enfant , n'allume
point en toi une fatale colere ; toutes les vertus de ton
ame concourent à te voiler les yeux , & à mettre un ban-
deau fur fon crime ; je ne puis pas même penfer que
fes jours foient en danger ; mais lorfqu'on te confeille
d'enfermer cette Efclave dans la Tour du Soïc , je ne penfe pas davantage qu'elle mérite l'honneur d'habiter l'enceinte de ton Palais : car quelque pitié que j'aye de fon
état , je ne laiffe pas de voir ici le crime vivre en elle ,
& je doute fort qu'on doive en conferver l'image ; quand
je penfe au contraire, qu'on ne fçauroit trop-tôt en perdre le fouvenir. Non , je ne crois point que tu veuilles
toi-même , mêler & confondre tes jeux & tes plaifirs
parmi les amertumes que la préfence de cette miférable

répandroit en ces lieux. Sublime Pacha ! purge dignement ton Serrail d'une Efclave vile & méprifable , puifque fa face impure ne peut plus que le fouiller ; qu'elle
difparoiffe de ces lieux pour jamais ; qu'elle aille à fon
gré errante & fugitive dans les divers climats de l'Afie,
où la guidera fon trifte deftin ; par cet équitable arrêt,
la juftice eft fatisfaite , & plus encore , ta gloire & ta
bonté . . . . Je le veux ; j'y confens, dit le Pacha, &
je fais plus pour qui me donne un fi fage confeil ;
je remets cette Efclave en fes mains ; je la lui donne en
pur don . . . A ces terribles mots, je foulevai ma pau-
piere tremblante ; j'apperçus qu'il parloit à Zoah, à lui-
même. Zoah ! lui dit-il, ton ame n'eft point l'ame d'un
Efclave ; tes vertus font au-deffus de ton état ; il y a
long-temps que je le vois : plus auffi tes fervices m'ont
été agréables, plus tu as dû le connoître par toute l'eftime que j'ai faite de toi jufqu'à ce jour, mais je veux qu'en
ce jour même tu en reçoives de moi la derniere récompenfe. Tu juges cette femme digne de vivre, elle vivra pour
qui lui fauve la vie ; reçois le don que je te fais ; j'y ajoûte
celui de ta liberté ; j'y ajoûte encore cent fequins, qu'on
va te remettre ; tu peux déformais choifir ta retraite ,
& y mener cette femme avec toi. . . . . Alors le Pacha
fortit , tous les Eunuques le fuivirent ; Zoah feul vint
à moi , & me dit : Jeune Femme ! rappelle tes fens &
ton efprit, que tes frayeurs ceffent ; apprends dès ce moment que tes malheurs font finis ; & Zoah lui-même
difparut à ces mots,

D A Ï R A.

HISTOIRE ORIENTALE.

TROISIÉME PARTIE.

 E ne demeurai pas feule dans le Kioske long-temps ; peu de momens s'écoulerent, Zoah revint, il prit mon bras, il me foutint, il m'aida à traverfer les Jardins ; j'étois foible, inanimée ; il eut beaucoup de peine à me faire arriver jufqu'aux dernieres Portes du Parc.

Nous fortimes de ce Parc enfin ; mais nous étions à deux milles d'Alep , & mes forces étoient anéanties ; Zoah comprit qu'il falloit me faire tranfporter à la Ville, & il fe trouva d'abord dans un cruel embarras ; il fe tourna, il porta fes regards de tous côtés , & n'en devint que plus inquiet & plus irréfolu. Hélas ! fe difoit-il à lui-même, je ne découvre ici perfonne qui puiffe nous prêter fecours ; je ne fçais à qui m'adreffer pour envoyer à Alep chercher une litiere ; je me vois forcé

d'y courir moi-même ; & je ne puis me réfoudre à laiffer la fille de mon Maître, feule dans cette Campagne ;
l'état où elle eft me fait trembler pour elle, fi je la laiffe
ici jufqu'à mon retour : & fi je demeure auprès d'elle,
je ne lui fuis d'aucun fecours, je ne la fauve point...
L'impatience le prit, il vint à moi, il étendit fur le fa-
ble au pied de ces murs, un linge de foye fur lequel
il me fit affeoir ; il mit fur ma tête un fecond voile,
pour mieux me préferver de l'action du Soleil qui s'é-
levoit déja fur l'horifon... Daïra ! me dit-il, compte fur
mon zéle, prens quelque repos en m'attendant ; je vais
de toutes mes forces & de toute ma vîteffe gagner la
Ville, & tu verras dans peu de momens venir une litiere pour t'y tranfporter... A peine eut-il achevé ces
mots, qu'il prit fa courfe, & que je le perdis de vûe.
Je demeurai donc feule au pied des murs de ce Parc,
couchée fur les fables, n'ayant devant mes yeux qu'un
vafte defert ; mon affoupiffement alors augmenta, &
le fommeil s'empara de moi toute entiere : ce fut le
premier fommeil que j'euffe connu depuis long-temps ;
& il dura peu. J'eus quelques momens après l'oreille
frappée d'un bruit confus qui fe faifoit autour de moi.
Je crus remarquer au travers des doubles voiles qui me
couvroient la tête & le vifage, que c'étoient des Voyageurs, & ils fembloient en effet fuivre leur route le
long des murs du Parc : ils arriverent bien-tôt jufqu'où
j'étois : ce qui me furprit, c'eft qu'ils s'y arrêterent,
& que l'inftant d'après ils s'approcherent, & vinrent à
moi directement ; je les apperçus plus diftinctement
alors,

alors, & j'entendis qu'ils s'entretenoient, en parcourant des yeux toute ma perfonne ; qu'ils s'entredeman-
doient, par quel accident une femme feule pouvoit fe
trouver là , qu'ils doutoient même s'ils devoient me
croire vivante. . . . Je pris garde qu'ils étoient deux
hommes à cheval, & qu'une litiere qu'occupoit un troifiéme , étoit arrêtée avec eux. Un de ces hommes mit
pied à terre, & s'approcha de moi de très-près pour me
confidérer. Madame, me dit-il, ceci ne peut être qu'une
avanture bien extraordinaire. Nous n'imaginons pas qui
vous êtes ; mais au feul afpeƈt, il n'eft point concevable
ble qu'on vous rencontre au pied de ces murs, feule,
couchée fur les fables, dans une plaine aride, éloignée
de toute habitation ; de grace ! Madame, continua-t'il,
recevez les fecours que nous fommes prêts à vous offrir...
Seigneurs ! leur répondis-je, je fuis mourante, je ne
puis pas même vous fatisfaire fur ce que vous défirez
fçavoir de moi. Je vais dans un moment recevoir les
fecours qu'il me faut ; c'eft une litiere qu'on eft allé
chercher à Alep, & qui va fans doute arriver. . . . .
Non, Madame, repartit le même homme ; non, il
ne faut pas l'attendre, & nous ne devons point vous
laiffer dans cette folitude abandonnée ainfi ; fi c'eft une
litiere qu'il faut, nous vous offrons une place dans une
que voilà ; vous allez être conduite à Alep en toute
fureté. . . Je vis à l'inftant l'homme qui me parloit fe
tourner vers la litiere, & adreffer ces mots à un Vieillard qui l'occupoit. Seigneur Atabek ! voici une Dame
réduite dans une trifte extrêmité ; votre bonté fe portera

M

fans doute à lui prêter fecours , pour fe rendre à la
Ville, & à lui faire place dans votre litiere ; à quoi
le Vieillard répondit : mon fils, j'y confens, vous pouvez amener cette Dame, je lui ferai place en ma litiere.
Je vis à l'inftant celui des Voyageurs qui venoit de
parler , defcendre de cheval , ainfi qu'un autre qui étoit
près de lui , & qui me parut être fon Efclave ; tous deux
vinrent à mes côtés, prirent mes bras, me fouleverent,
m'enleverent enfin , & me porterent jufqu'à cette litiere,
où ils me firent placer vis-à-vis du Vieillard qui l'occupoit;
mais la litiere fe remit à peine en marche, que Zoah vint
à ma penfée ; ce fidelle Zoah, à qui je devois tant,
& qui dans ce moment-là même fe tourmentoit pour
me fervir ; la crainte me prit qu'il eut quelques reproches à me faire , mais plutôt la peur de le perdre , en
manquant de le rencontrer fur le chemin. Je fis part
de mon inquiétude au Vieillard , je lui dis : Seigneur !
nous devons rencontrer fur le chemin un Efclave noir,
avec une litiere pour moi, je vous fupplie de l'avertir
que j'ai l'honneur d'être ici devant vous, parce que s'il ne
me trouvoit pas au lieu où il m'a laiffée il y a un moment, il en auroit certainement beaucoup d'inquiétude. Le Vieillard répondit , Madame , je prendrai ce
foin volontiers; mais, continua-t'il , permettez-moi de
vous demander par quel accident incompréhenfible une
Femme Turque , telle que vous me paroiffez l'être , fe
trouve feule dans le défert où nous venons de vous rencontrer ; car il n'eft pas poffible qu'une Dame comme
vous, fe trouve en cet état , fans être accompagnée de

quelques Efclaves , d'un Pere ou d'un Mari.

J'écoutois bien toutes ces queſtions, mais la voix me manquoit pour y répondre ; au moins, Madame! reprit encore le Vieillard , faites-moi la grace de m'apprendre où eſt ſituée votre maiſon d'Alep , pour que je puiſſe vous y mener ; cette queſtion nouvelle m'épouvanta, & me rendit tout-à-coup l'eſprit préſent à des choſes que je n'avois pas prévues ni penſées ; je me vis ſeule dans cette litiere , en préſence d'un Vieillard inconnu, & à qui je ne pouvois pas éviter d'expoſer mon état ; eh ! comment aurois-je oſé ! eh ! comment aurois-je pû me faire connoître ! me connoiſſois-je, hélas ! moimême ? Seigneur , dis-je au Vieillard , je compte que nous allons trouver l'Efclave noir & la litiere qu'il m'amene, j'eſpére que vous n'aurez point l'embarras de me mener juſqu'à la Ville. . . Le Vieillard ne repliqua point ; il ne me parla pas davantage ; mais il n'en fut que plus occupé à me conſiderer. Cependant la litiere continuoit ſa route, & déja l'on découvroit les Tours d'Alep, & Zoah ne paroiſſoit point; nous arrivâmes à la porte de cette Ville ſans le rencontrer; le Vieillard alors interrompit ſon ſilence, & me dit : Madame, nous entrons dans la Ville, de grace ordonnez où il faut que l'on vous mene ! Dites-moi où eſt votre maiſon ? Ce diſcours auſſi preſſant que charitable , me jetta dans un déſordre & dans un trouble qu'on ne ſçauroit imaginer ; mais ſi mon trouble étoit grand , on imaginera bien moins quelle fut ma confuſion. Je demeurai un moment ſans lui répondre. Je ſentis à l'inſtant mes douleurs renaître & revivre, toutes les miféres de mon deftin fe repréfenterent à mes yeux ; les fanglots fortirent en foule de ma bouche ; mes voiles furent dans un moment mouillés de mes pleurs ; ce nouvel accès de douleur fut fi violent, & dura fi long-temps, qu'il ne me fut pas poffible de parler, ni d'ouvrir même les yeux fur ce qui fe paffoit ; le généreux Vieillard en fut touché & attendri ; il me fit defcendre dans la maifon d'un gros Marchand de fa connoiffance ; nous y entrâmes ; il me conduifit lui-même dans un appartement commode ; il chargea une Efclave Indienne, qui étoit-là, de me rendre toutes fortes de fervices, de me porter toutes fortes de fecours, & cela avec des marques d'un attendriffement & d'une bonté d'ame de fa part, qui ne faifoient que me confondre, & aggraver davantage la honte & l'horreur que j'avois de moi-même.

Seigneur ! m'écriai-je, vous ne connoiffez point la malheureufe Enfant à qui vous accordez tant de graces en un jour ; vous ne fçavez qui je fuis, ni par quelle étrange deftinée je tombe en vos mains, & en cet état, & votre pitié & votre bonté font fi grandes, qu'il femble que vous foyez inftruit de toutes mes difgraces. Le Saint Homme fit une inclination de tête profonde, & me dit : Madame, l'hofpitalité que j'exerce envers vous, eft un facré devoir de ma part, & j'aurois des reproches à me faire fi je manquois à le remplir ; mais il eft vrai, reprit-il, que quand le devoir lui-même ne s'y trouveroit pas, j'ai l'ame, grace au Ciel, trop fenfible, pour imaginer quelqu'un dans le malheur, & pour ne pas lui prêter la main ; j'ai bien conçu , me dit-il , que vous ne pouviez être venue où je vous ai rencontrée , que par quelque coup étrange du fort ; mais je l'ignore encore , & je ne demande pas à en être éclairci ; tout ce que je défire , me répétoit ce Saint Vieillard , la main fur fa poitrine , tout ce que je défire , eft que vous difpofiez de moi , & que vous me mettiez en état , au fortir de cette maifon , de vous faire rentrer dans la vôtre , & d'employer fur cela tous les foins dont je fuis capable , foit auprès d'un Pere , foit auprès d'un Epoux , parce qu'il faudra bien s'adreffer à l'un ou à l'autre , pour faire finir les peines , que vraifemblablement l'un ou l'autre vous a caufées , & qui vous plongent actuellement dans une fi trifte fituation. Seigneur ! repris-je , vous ne pouvez connoître d'où partent les coups qui me font portés. Vous en foupçonnez un Pere , un Epoux ; & en effet cela fuffiroit pour entraîner de grands malheurs ; mais de tels malheurs feroient légers & doux en préfence des miens : hélas ! m'écriai-je , je n'ai ni Epoux ni Pere; hélas ! je n'ai ni amis , ni homme fur la terre que je puiffe implorer. Vous voyez une fille de Scio, qui n'a eu d'autre Pere dans fon enfance qu'un Marchand de cette Ifle , & qui depuis n'a reconnu dans ce prétendu Pere qu'un Marchand perfide , qu'un Vendeur d'Efclaves qui l'a livrée à l'efclavage du Pacha d'Alep. Vous voyez une femme , qui s'étoit choifi fon Epoux , & qui vient de le perdre pour jamais ; c'eft le jeune Belzek , connu fous le nom de Bezzoudour , dont la ville d'Alep célèbre encore les miracles. C'eft mon

Amant qui fous ce nom a eu l'audace de pénétrer jufques
dans le Serrail d'Alep , pour me racheter ou m'enlever
à quelque prix que ce fût des mains du Pacha ; mais
qui a voulu combattre les Eunuques de fa garde , & qui
peut-être y a perdu la vie ; ou que du moins le Pacha a
fait embarquer fur un Vaiffeau , & que les flots & les
vents ont porté dans quelque terre étrangere & barbare ,
où le deftin nous condamne à ne nous voir jamais.....
Vous voyez une malheureufe enfant qui , lors même
qu'on l'inftruifoit de fa naiffance , qui fembloit devoir
la mettre à l'abri de nouveaux malheurs , vous la voyez
dans ce moment chaffée du Serrail d'Alep , pour être
jettée dans le dernier opprobre des fervitudes. Vous
m'avez trouvée couchée fur les fables ; j'y attendois
l'Eunuque dont je vous ai parlé ; cet Eunuque devenu libre , & devenu mon Maître ; le terrible Pacha d'Alep lui
a fait un don de moi. On m'apprend d'un côté que je fuis
d'une race libre & indépendante ; je me vois de l'autre la
plus vile des créatures , je me vois l'Efclave d'un Efclave ;
condamnée peut-être à le fuivre au-delà des Mers , à
confumer le peu de jours qui me reftent , dans fon affreufe Patrie , dans une nouvelle mer d'infortunes , les
feules qui puiffent m'être nouvelles , après toutes celles
que j'ai fouffertes ; eh ! je ne vois , m'écriai-je en fan-
glottant , & en prononçant ces mots à peine : eh ! je ne
vois ni Pere , ni Epoux , ni homme fur la terre à qui je
puiffe avoir recours.

Pendant que je faifois devant le Vieillard le tableau
de mes douleurs , je le voyois joindre & ferrer fes mains ,

porter fes regards au Ciel d'attendriffement & de pitié.
Oh ! jeune Femme (répondit-il) que votre deftinée eft
déplorable , & qu'elle me touche & me pénétre ; mais
que tout ce que j'entens eft trifte, & effrayant pour moi-
même. Quoi ! s'écria ce Pere vénérable , quoi ! malheureufe Enfant , je vois en vous l'Efclave d'un Noir !
Quel crime ! ô Ciel ! vous & les vôtres avez - vous pû
commettre affez épouvantable & affez inoui, pour avoir
attiré cette colere du Ciel fur votre tête ? eh moi ! reprit-il , à quoi ne m'expofai-je pas, quand je vous tiens
dans cette Maifon , fi le Noir , votre Maître, apprend
que je vous ai retirée; mille malheurs me menacent ; il
vous reclamera comme fon bien que vous êtes; il m'ac-
cufera de lui avoir ravi ; il demandera juftice ; il ob-
tiendra contre moi un jugement rigoureux , qui renver-
fera toute ma fortune en un jour. En effet , je me fens
coupable à fon égard , dès que j'apprends que vous lui
appartenez , que vous êtes à lui , & rien ne peut me
difpenfer de faire publier dans la Ville , l'avanture extraordinaire qui vous a fait arriver ici , afin que votre
Maître vous retrouve & vous reçoive de mes mains dès
ce moment, s'il eft poffible.

Pendant qu'il achevoit ces mots , d'un ton plaintif &
compatiffant , & que j'étois les yeux ouvèrts fans voir ,
portant autour de moi l'étonnement dans mes regards ;
interdite, ma tête renverfée, fans mouvement , un homme entra dans la falle où nous étions ; c'étoit le même
cavalier qui m'étoit venu le premier adreffer la parole ,
& qui m'avoit fait entrer dans la litiere du Seigneur

Atabek : Pere , lui dit-il , j'ofe vous interrompre pour vous informer que dans ce moment même , un homme Noir s'eft préfenté à votre porte , demandant d'un vifage agité , fi ce n'eft point vous qui venant à Alep , avez trouvé dans la plaine du Soïc une jeune femme qui lui appartient , & qui l'avez amenée & renfermée dans cette Maifon. Je l'ai renvoyé , reprit-il , en niant que ce fût vous qui euffiez rencontré cette jeune femme ; il s'eft obftiné à me foutenir qu'on venoit de l'en inftruire ; mais je l'ai réduit enfin à fe retirer , ne tenant pas compte de fa colere , ni de quelques menaces qui lui font échappées ; il n'a l'air au furplus que d'un chetif Efclave ; & vous ne vous feriez pas déterminé , fans doute , à livrer cette jeune Dame en fes mains , fans être bien inftruit de ce qui l'autorife à la demander.

Ah! Ferri ! Ah! mon fils ! s'écria le Vieillard, vous me perdez par ce menfonge ; fi le Noir qui vous a parlé découvre que c'eft un menfonge en effet , & s'il apprend que la femme qu'il reclame eft ici. Vous ignoriez que cette femme eft à lui , que cette femme eft fon bien ; qu'il en eft le Maître ; cela n'eft que trop vrai... Quoi ! Madame , reprit cet homme , en s'adreffant à moi-même , vous feriez affez malheureufe pour appartenir à un vil & méprifable Noir , qui peut-être fort d'efclavage lui-même , lorfqu'à vous voir feulement , à peine jugeroit - on le Roi des Négres , l'Empereur des Abyffins , digne de foupirer pour vous. Mon fils (interrompit Atabek) je fuis touché d'une extrême compaffion , à la vûe des calamités dont cette jeune

Dame

Dame eft menacée , & l'hiftoire de ce qu'elle a fouffert jufqu'à préfent, me paroît déja bien étrange dans
le récit qu'elle m'en a fait en peu de mots. Je défirerois
en vérité de pouvoir faire quelque bonne œuvre en fa
faveur ; fi le Noir fon Maître vouloit confentir à lui
donner la liberté , je lui ferois de bon cœur un préfent
de trois cens fequins, & plus : car à quoi fervent les
biens, fi ce n'eft à foulager les miférables ? Je fuis ,
continua-t'il, fans femme , fans enfans ; vous feul me
tenez lieu de tout, par la tendreffe que j'ai pour vous,
& rien ne s'oppofe à cet acte de charité. Seigneur (reprit Ferri) je refpecte vos volontés ; s'il eft néceffaire
d'accomplir l'œuvre de générofité que votre vertu vous
infpire, & de faire un préfent auffi confidérable , pour
dégager cette jeune Dame des mains du Noir fon Maître, je vous en loue hautement ; mais s'il eft un vrai
moyen, d'y parvenir fans cela, j'eftime qu'il eft à préférer , & ce moyen la fortune nous le donne : ce Noir eft
venu , je l'ai renvoyé ; s'il revient, je le renverrai de
même ; & après tout, s'écria-t'il, de quel droit un infâme Négre , qui n'eft créé que pour le fervice des hommes , de quel droit un miférable Abyffin , tranfporté
dans ces climats, peut-il reclamer une Dame de cette
nobleffe ? Les Loix du pays où nous fommes peuvent-
elles être affez barbares, pour autorifer de fi monftrueu-
fes tyrannies ? Mon fils ! mon fils ! interrompit Atabek ,
vous ne les connoiffez pas ces Loix , elles n'ont aucun
rapport avec les vôtres ; mais je vis fous leur joug depuis
plus long-temps que vous , & j'en connois toute l'éten-

N

due & toutes les rigueurs; je vous le répéte, continua-
t'il , nous fommes perdus , fi le Maître qui tient cette
Dame en fa propriété peut avoir des preuves que je lui
ai donné retraite ici ; le plus fage parti eft de s'informer promptement de fa demeure, & de lui propofer les
trois cens fequins que je veux facrifier pour obtenir la
liberté de cette malheureufe Enfant. Eh ! que le Ciel
permette qu'il s'en contente ! ear je fuis à la veille de
grands malheurs , s'il m'expofe à la rigueur des juge-
mens du Pacha. Ce vénérable Vieillard pénétré d'inquiétude & de douleur , fe tourna de mon côté, & me
dit : Madame , apprenez-moi le nom de votre Maître ,
& s'il fe peut fa demeure, afin que fans perdre de temps,
je le faffe chercher dans toute la ville d'Alep ; s'il plaît
au Dieu tout puiffant de bénir mes intentions & mes démarches, je réuffirai à vous racheter, & à vous rendre
une liberté que la feule perfidie des hommes à pû vous
ravir, & qui ne me paroît dûe à perfonne plus qu'à vous...
Non ! non ! vénérable Atabek, interrompit Ferri brufquement , non, vous ne devez point attendre du cœur
d'un Noir , de concourir avec le vôtre pour une bonne
action ; vous ne devez point penfer qu'il fe départe de
la poffeffion de cette Dame, & qu'il vous la remette pour
une rançon de trois cens fequins. Vous connoiffez le naturel de ceux de fa Nation ; vous m'avez vous-même
inftruit fouvent de leur avarice, & de leur méchanceté;
tout ce que je vous en ai oui dire ne me perfuade que
trop, qu'on ne parviendra jamais à fléchir un Barbare,
poffeffeur de cette Efclave précieufe ; vous le verrez ,

continua t'il, reclamer contre vous l'autorité des Loix, vous pourfuivre comme coupable de lui avoir enlevé fon tréfor, & mettre ce tréfor ravi au-deffus des vôtres pour les envahir s'il le peut ; j'infifte donc, & je crois que le plus grand danger pour vous eft encore d'avouer que cette jeune Dame eft ici.

J'étois témoin de leurs conteftations ; hélas ! elles n'avoient que moi pour objet, & c'étoit moi qui paroif-fois y prendre le moins de part ; je les écoutois fans réflexion ; je ne confiderois feulement pas que j'étois alors dans une maifon étrangere, inconnue, entre les mains de deux hommes étrangers pour moi, incon-nus de même, toute prête pourtant à fubir le fort qu'il leur plaifoit de régler ; il n'étoit pas encore venu à ma penfée fi je devois fouhaiter ou craindre de retomber entre les mains de Zoah ; fi Zoah qui m'avoit fervi fi ardemment dans le Serrail d'Alep, qui m'avoit promis la fin de mes peines en fortant, n'étoit point un Né-gre perfide, comme je l'entendois fuppofer, qui n'auroit voulu flatter mes douleurs, que pour m'exciter plus doucement à foutenir la nouvelle fervitude qu'il étoit prêt à m'impofer.

Atabek & Ferry fe retirerent, & me laifferent l'In-dienne pour me fervir ; ce fut alors que je m'interro-geai moi-même à hauts cris. Eh ! où fuis-je grand Dieu ! eh ! que dois-je devenir, me difois-je, quels font ceux qui me reçoivent ici ? Pourquoi s'effraye-t'on de m'y voir ? quels finiftres préfages puis-je caufer en ces lieux, & pourquoi veut-on que j'y demeure ? quel intérêt

N ij

prend-on en moi ? de quels nouveaux malheurs me croit-
on menacée ? quels coups nouveaux me font donc pré-
parés ? hélas ! m'écriois-je , mes douleurs font encore
toutes vivantes, mes playes toutes faignantes... Nob-
tiendrais-je pas du Ciel de refpirer un moment ? Je demeurai tout le réfte du jour , la nuit entiere à lui adreffer mes prieres & mes larmes ; on peut juger dans cet
état des élancemens du cœur d'une jeune créature, qui
fe voit pour ainfi dire bannie & rejettée par tous les
êtres vivans. . . . Le lendemain au lever du Soleil,
l'épuifement de mes efprits étoit fi grand, qu'ils s'affou-
piffoient peu à peu, & que je fentois déja mes paupieres tombantes , & mes yeux prêts à fe fermer,
lorfque j'entendis à grand bruit ouvrir la porte de la
chambre où j'étois, & que je vis paroître le Vieillard
Atabek fuivi de Ferry ; celui-ci vint à moi tout agité
de colere : Ah ! s'écria-t'il , malheureufe victime ! on
vous a porté le coup mortel ; on a publié votre retraite en ces lieux ; votre barbare Maître a refufé toutes les propofitions qu'on a pû lui faire ; il demande
qu'à l'inftant vous foyez remife en fes mains ; le voilà
qui va paroître , & vous êtes perdue. Il eft vrai, repliqua le Vieillard, que rien ne peut le réfoudre à fe
priver de vous ; mais quoi qu'en dife mon fils , je me
flatte qu'il y a tout autant a efpérer qu'à craindre des
motifs qui le font agir, & que peut-être les feuls qu'il
ait, font de vous faire un fort heureux. Non ! m'écriai-
je, vénérable Atabek : Non ! je ne redoute point la
préfence de Zoah ; il m'a donné trop de preuves d'une

grande ame ; il a pris trop de foins de fauver mes jours,
pour être capable de les rendre malheureux ; je ne puis
confondre Zoah parmi les hommes de fon état ; par
tout ce qu'il a fait pour moi , je compte que j'ai tout
à efpérer de lui ; je ne demande qu'à le voir paroître,
bien fûre qu'il m'apporte de nouveaux fecours.

Je n'avois pas achevé ces paroles, que les portes
s'ouvrirent, que Zoah fe préfenta ; mais , oh Ciel ! quel
fut l'étonnement du Vieillard , de Ferry, eh ! quel fut
le mien ! ce Zoah, ce Noir, ce Maître barbare dont le
nom feul avoit caufé tant d'effroi. Ce même Zoah s'approcha, vint à moi, fe profterna , & m'adreffa ce difcours : Fille d'Emir, tu me vois roulant à tes pieds ,
non pour te rendre ta liberté , mais pour t'offrir la mienne , parce que je jure dès ce moment de ne l'employer
qu'à te fervir , & j'eftime cet honneur à fi haut prix ,
que moi feul je ne m'en fuis pas jugé digne, & que
je veux le partager avec un autre.... Regarde ! s'écria-
t'il, vois, fi ton fidelle Efclave en a choifi une autre
à ton gré. . . . . De quelle joye grand Dieu ! fus-je tout-
à-coup tranfportée ; c'étoit Razzivil, ma chere Razzivil fondante en larmes , fi faifie , fi troublée , qu'à peine
pût-elle marcher d'un pas fûr jufqu'à moi ; elle tomba
fur fes genoux , elle arrofa mes pieds de fes pleurs ,
elle me faifit une main , elle la ferra fur fes levres ;
fa joye lui caufoit un vrai délire, elle voulut plufieurs
fois me parler, mais d'une voix toujours coupée par
des fanglots. . . Oh ! ma chere Maîtreffe, s'écria-t'elle
à plufieurs fois, oh ! ma chere Maîtreffe, en quel état

vous retrouvai-je ! ce jour enfin va-t'il mettre un terme à nos malheurs ! Nous devons nous en flatter, repartit Zoah ; & s'il est vrai que les biens attachés à la
vie humaine doivent tôt ou tard s'espérer, comme les
maux tôt ou tard sont à craindre, la fille de Saheb à
trop senti l'âpreté des destinées, pour ne pas attendre
de l'équité céleste, des faveurs dans l'avenir qui l'en
dédommagent.

Tant que les eaux du Nil se resserrent dans son lit,
nous voyons nos tristes campagnes exposées aux feux
d'un Soleil ardent qui les dévore ; mais les rigueurs
qu'on souffre alors s'épuisent enfin, & sont suivies de la
saison propice qui revient à son tour, pendant laquelle
on voit toujours ce fleuve salutaire répandre par-tout
l'abondance, & réparer les maux qui se sont faits. Et
malheurs, peut-être, à quiconque n'en a point encore
connu. Fille d'Emir, s'écria-t'il ! par tous ceux que tu
as soufferts, la source des biens qui t'attendent, a dû
sans doute se remplir, elle va couler désormais, & pour
tout le temps de ta vie ; j'en serai le témoin tout le
temps de la mienne ; car, je le répéte, je veux te servir
autant qu'elle durera.

Ce discours d'un Eunuque du Serrail d'Alep, Razzivil à mes côtés, rendue par ses soins, l'étonnement d'A-
tabek, de Ferry, mais mon étonnement à moi, ou plutôt mon admiration, suspendit toutes les idées que je
pouvois avoir sur moi-même ; tout mon esprit ne fut
rempli que de cette situation ; Zoah le comprit, & bien-
tôt il reprit la parole, & me parla en ces mots ;

Ne t'étonne point, oh ! Daïra, des vœux que je fais pour ton bonheur , ni du zéle qui me transporte ici ; l'honneur & la vertu percent dans tous les climats, & peuvent atteindre à tous les hommes, sur-tout quand la fortune leur présente des modéles qui doivent servir à les former ; j'ai trouvé les miens dans tes Peres; Zoah qui te parle , a occupé près d'eux la place d'un simple Esclave, & la valeur de ses sentimens, l'a fait priser fort au-dessus. Ton ayeul, le plus tendre , le plus généreux des hommes , qui regnoit dans Anna sur l'Euphrate , qui eût mérité de regner sur tout le monde, & de porter un immortel Croissant; ton ayeul , dont le destin me tourmente & m'allarme , depuis plus de dix années, que je sçais qu'un Persan furieux poursuit sa tête , ton ayeul Hassan fut le premier mon Maître, & mon cher Maître, & tout me flattoit qu'il devoit l'être toujours, lorsque le Prince des Arabes, le jeune Emir Saheb, qui regnoit à Bithynia , vint à sa Cour & obtint sa fille Hannem , la beauté de l'Orient. Il me donna à ces jeunes Epoux ; il les confia à mes soins ; la même fortune m'accompagna près d'eux ; j'avois reçu toute la faveur du Pere, je fus comblé de celle des Enfans ; il ne me resta qu'un vœu à faire, je le fis, le Ciel fut propice, & ce vœu fut rempli dans les temps, tu vis le jour ! Je te reçus, ô fille d'Hannem ! je te reçus dans ces mêmes mains , & je fus le premier des hommes qui les éleva au Ciel pour ton bonheur & tes prospérités. Tout concourut d'abord à nous en donner de hautes espérances ; nos premieres frayeurs, qui n'étoient que trop bien fan-

dées, se diffiperent ; toutes nos craintes peu à peu s'é-
vanouirent, & Saheb & ta mere, ne t'envifageoient déja
plus qu'avec ces douces agitations inféparables d'un
grand attachement ... Ce fut dans cette fécurité fatale,
que le Dieu des ténébres fembla nous amener pour nous
porter des coups plus terribles & moins attendus. L'Emir,
ton pere, plus éclairé que moi, les preffentit de loin,
& crut pouvoir s'en garantir ; toute la prudence humaine
étoit en lui ; mais, hélas ! que peut-elle ? & qu'eft-elle,
devant d'immuables décrets ! La trifteffe de fon ame
s'imprima tout d'un coup fur fon front ; d'un jour à
l'autre elle s'augmenta ; fes yeux languiffans & abbat-
tus me confternerent ; je devenois déja moi-même immobile, à force de le confidérer, & de m'occuper des
peines fecrettes qui flétriffoient fon cœur ; lorfqu'un
jour il m'appella, & il me dit : fidele Zoah, moins efclave de ma grandeur, qu'ami de ma perfonne, ne fois
point troublé du projet que je te revele ; je pars à la
chûte du jour, je vais à Anna chez Haffan mon beau-
pere ; je lui porte ma fille, & je ne mene que toi . . . .
Quoi ! fage Emir, m'écriai-je, tu ofes entreprendre un
tel voyage fans efcorte & fans fuite ? Tu ne crains pas
d'expofer ton unique enfant aux événemens d'une courfe
pénible ? Un enfant qui n'a pas atteint la troifiéme année de fa vie, & de qui la confervation fous tes yeux
mêmes, caufent à fa mere & à toi, fi peu de joyes qui
ne foient mêlées de craintes & d'allarmes ? Eh ! comment penfes tu (m'écriai je) que Hannem furvive à
l'effort de cette féparation ? Je l'ignore, reprit ton Pere
Saheb,

Saheb , & je doute en effet que nous y furvivions l'un
& l'autre : car nous fommes les deux moitiés , & notre
enfant eft notre tout ; mais quoi qu'il puiffe arriver de ma
chere Hannem & de moi, nous nous devons tous deux
au facrifice que nous faifons. Je la laiffe , cette Epoufe
facrée ; je la laiffe abandonnée aux fanglots & aux cris
défefpérés , & c'eft par ces mêmes cris qu'elle m'invite
à preffer mon départ , parce qu'il s'agit pour elle &
moi d'éviter un coup exécrable , dont la feule penfée
partage ma tête d'épouvante & d'horreur. . . .

Je ne répliquai point ; je reçus les ordres de mon
Maître , & comme il vouloit que fa marche fût d'un fecret impénétrable , il prit l'habillement d'un Marchand
de l'Inde , & une voiture légere venue du même pays ;
il fe déguifa de maniere , que les Arabes en multitude
qui formoient fon camp, que ceux même de fa garde ,
n'auroient pû reconnoître Saheb leur Souverain. Il fortit
de fa tente ; je le fuivis ; nous fumes à la tienne ; j'y entrai feul ; tout étoit préparé pour le trifte fuccès de cette
entreprife ; & en effet, je me vis libre , & fans perdre
un inftant je t'arrachai de ton berceau , & te remis dans
les bras de ton Pere défolé ; la voiture Indienne étoit
là , il m'y fit prendre place à fes côtés ; il forma ton lit
dans fes bras, fur fes genoux & fur fon fein ; les foupirs
en foule s'élancerent du fond de fon ame ; ils furent en-
tendus , & ç'en fut affez pour craindre que ce myftere
fût bientôt découvert. En effet , un vil Efclave re-
connut Saheb, & vint à lui s'offrir pour le fuivre, avec
tant de chaleur & d'emportement , que mon Maître en

O

fut touché, & accorda tout à fes inftances . . . Auffitôt la chaife Indienne attelée de chevaux Arabes fut enlevée comme dans les airs ; Saheb fe vit tout-à-coup fort loin de fon camp , & en peu d'heures tranfporté dans un pays déja prefque étranger.

Tu donnois à ce Pere infortuné trop de fortes d'inquiétudes , pour ne pas interrompre bien-tôt fa courfe, & procurer à ta fragile enfance quelque repos ; à peine eut-il traverfé les vaftes pleines de Damas , qu'il entra dans la Terre de Sebilée ; le fameux Caravanfera d'Egly fe trouva fur fon chemin , il voulut y defcendre ; féjour funefte , hélas ! & que les feux du Ciel, fans doute, auront réduit en cendres , pour enfevelir à jamais les forfaits qui s'y font commis. Ton Pere y fut reçu & traité comme un fimple Marchand, comme beaucoup d'hommes de toute efpéce qui y arriverent en caravane à peu près dans le même temps.

Jufques-là tout étoit calme & tranquille , & je n'avois auprès de mon Maître d'autres foins à me donner, que ceux que mon propre amour m'infpiroit pour lui ; je l'excitois à céder au fommeil ; je cherchois à calmer fon cœur tourmenté par des préfages heureux ; je les faifois paffer quelquefois jufqu'en fon ame , & y porter l'efpérance & la paix ; & la nuit s'avançoit, & l'aurore qui régloit notre départ étoit déja prête à paroître, lorfqu'un Pélerin en apparence , un homme inconnu , tout agité , tout tremblant, fe préfenta, s'approcha de mon Maître, & lui dit: Emir, prends garde à toi, un Efclave te trahit, & tu es perdu. Oh Ciel ! m'écriai-je.

Ecoute-moi , reprit-il , le temps preſſe , ainſi que le danger ; un Eſclave de ta ſuite , au moment que je te parle ,
complotte dans ce Caravanſera , au riſque de ta perte ,
l'enlevement de ton enfant ; je viens de voir une co-
horte de Brigands trop nombreuſe & trop redoutable ,
pour que tu puiſſes y réſiſter ; ils ſont prêts à fondre
ſur toi ; le Ciel a permis que ce projet parvint juſqu'à
moi , peut-être encore à temps pour t'en inſtruire ; je
remplis ce devoir fidelement , & je fais plus , je m'offre
de ſauver , s'il eſt poſſible , ce malheureux Enfant , qui
me paroît être le premier objet du complot des Brigands ;
ſi tu veux me le confier , je l'emporte à la faveur de la
nuit qui regne encore , & je jure par ma tête d'en avoir
ſoin comme du mien . . . . Oh ! Daïra qui m'entends , tes
cheveux ſe hériſſent d'avance , à l'aſpect des crimes dont
ton berceau fut enſanglanté ; tu te les repréſentes aſſez
avant de les apprendre , puiſqu'ils jettent déja dans ton
ame le ſaiſiſſement & la terreur ; conçois donc , s'il eſt
poſſible , quel fut alors l'état d'un Pere le plus tendre ,
le plus paſſionné des Peres ; peints-toi ſes frémiſſemens ,
ſes tranſports & ſon déſeſpoir. Il s'agiſſoit pour lui dans
ce moment redoutable , bien plus que de lui-même ; il
ſe voyoit prêt à périr pour te ſauver , & il ſe voyoit périr
en te ne ſauvant pas. Je le vis par trois fois ce Pere infortuné , te ſerrer dans ſes bras , porter au Ciel des regards effrayans , qui retomboient auſſi-tôt ſur toi , &
s'attendriſſoient ſur les tiens , ſur tes regards , hélas ! qui
n'étoient qu'une douce image de l'innocence & de la
ſécurité , dans l'inſtant même qu'on tiroit les poignards

pour percer fon cœur & le tien. A quoi mon Maître devoit-il fe réfoudre ? Le péril étoit affreux de toutes parts ! pouvoit-il te livrer , t'abandonner à un Pelerin inconnu qui s'offroit pour te fauver , & pouvoit-il refufer ce fecours dans une conjonˆure auffi fatale ? Pendant ce moment d'incertitude je fixai ce Pélerin, je le dévorai de mes regards ; je crus voir fur fon front les caraˆeres de la probité, & fon difcours m'en parut être le langage. Mon cher Maître , (m'écriai-je) en m'adreffant à ton Pere, fais ufage de ce faint Homme , qu'un Ange tutélaire t'a fans doute envoyé ; daigne lui confier ce précieux dépôt ; qu'il l'éloigne de tes yeux pour quelques momens, tu n'en feras que plus libre & plus terrible à l'abord des Brigands qui viennent pour te l'enlever.

Je rends graces fans doute, reprit l'Emir ton pere, à cet Etranger bienfaifant , qui s'intéreffe au danger que je cours, au point de le partager lui-même ; mais le fort de ma fille & le mien ne peuvent plus fe divifer ; nous nous fauverons par la même fortune ; ou périrons par les mêmes coups. Zoah ! me dit-il, reçois de mes mains ma Fille , prépare-lui promptement un lit ; rends-lui ce devoir, qui peut-être eft le dernier ; & furtout couvre fon vifage, & voile fes yeux pour lui dérober le fpeˆacle de fon malheur & du mien, pour que mon fang qui va fe verfer pour elle, ne rejailliffe pas jufques fur elle.

A peine eut-il achevé ces mots que nous entendîmes un grand bruit, & que Saheb mit la lance à la main.

Auſſi-tôt on cria ; que le Pélerin de la Mecque ſe retire ; on reſpecte ſes jours ; & ce Pélerin étoit encore à mes côtés ; mais je vis d'abord mon Maître menacé d'une mort certaine , & je crus lui devoir tout. Je me tournai vers ce généreux Pélerin , & lui dis : Saint Homme ! La fille de mon Maître va périr, ſi tu ne la ſauves dans ton ſein. Dérobes-là pour un temps ; eh ! veuille le Ciel la préſerver par tes ſoins. Il courut à toi, Daïra, qui m'entends ; il te ravit , & diſparut dans le moment même que les Brigands s'avançoient. Alors le ſort d'un Maître ſi cher à mon cœur m'appella tout entier ; je volai près de lui , je m'armai comme lui-même. La multitude ne fit qu'accroître mon courage : j'avouerai pourtant , que le diſcours de l'un d'eux me frappa d'effroi : *Saheb*, dit-il, *tu as outragé le Muphti Seṛula , redoute ſa vengeance ; il veut ta Fille ou ta tête, & j'emporte l'un & l'autre ſi tu oſes réſiſter.* A ce diſcours exécrable, ton pere ne répondit que par un cri furieux, accompagné d'un coup de lance , dont le Brigand fut renverſé , puis tout-à-coup il s'élança parmi eux comme un lion redoutable , que la fureur met au-deſſus des dangers ; je le ſuivis, je le ſecondai de toutes mes forces , & avec autant d'audace que ſi quelque eſprit céleſte m'eut alors animé : pluſieurs de ces Brigands tomberent aux pieds de mon Maître. Il les exterminoit, quand l'implacable deſtinée s'en mêla ; une infernale main atteignit alors ton Pere , & le frappa d'un coup mortel. Je fus enveloppé par ces Barbares, & dans l'inſtant chargé de chaînes. . . Mais , oh ! malheur ! le plus

grand, le plus accablant des malheurs ! c'eft que l'Emir
mon Maître, ton Pere, c'eft que Saheb devint la proye
de fes Affafins, & que je les vis prêts à l'enlever, pour
exécuter fans doute l'ordre exécrable qui leur avoit été
donné : vengeance divine ! (m'écriai-je,) qui t'arrête !
qui te retient ! fi tu ne lances pas la foudre fur ces têtes
facriléges ; par pitié ! m'écriai-je encore, lance-la fur la
mienne, ou précipite-moi dans les entrailles de la terre,
& m'anéantis pour jamais. . . . Le Ciel étoit fourd à
ma priere. . . . Je perdis mon cher Maître. . . Ses Meur-
triers, fes Bourreaux l'emporterent. . . Tout bleffé. . . .
Tout mourant. . . . Et ne me laifferent de lui que les
traces marquées par le fang de fa playe. Mes yeux ne
le virent plus, & fe fermerent de douleur & d'horreur
fur un fort fi funefte. . . .

Quelle hiftoire ! quel récit ! oh ! jufte Dieu ! je crus
voir mon propre fang s'échapper de mes veines, & ruiffeler autour de moi. Toute cette épouvantable image
emporta fi loin mes idées, que je perdis de vûe le Vieillard & Ferry, qui étoit en ma préfence ; que je me crus
feule demeurée fur la terre pour y pleurer tant de malheurs.

Mais alors, & à ces derniers mots, Zoah fut interrompu par un cri du Vieillard Atabek, qui jetta dans
nos ames encore une terreur nouvelle, & qui attira tous
nos regards : ce cri fut fuivi d'un long gémiffement ;
mais fon front pâlit ; fes forces manquerent ; il fe pen-
cha fur le fein de Ferry ; je me levai foudain, je fus à
lui ; Razzivil & Zoah y volerent de même ; nous l'en-

vironâmes, nous le foutinmes ; il fit quelques efforts
pour nous parler ; hélas ! les battemens de fon cœur
étoient vifiblement fi douloureux & fi précipités qu'il
perdoit haleine, & que nous crûmes le voir au moment
d'expirer. . . . Malheureux Eunuque ! s'écria Ferry ;
quelle abominable hiftoire ofes-tu raconter ! quel affreux récit viens-tu faire à la Fille du maffacre du Pere !
quel affreux récit viens-tu faire des défaftres d'un Pere
& d'une Mere, qui furent les enfans du Vieillard qui
t'entend. . . . Je treffaillis à ces paroles, comme fi
j'euffe vû tomber les murs & la voûte de la maifon,
& qu'un feu de tonnerre eût aveuglé mes foibles yeux...
Zoah troublé, chancellant, envifagea, recherca les
traits du Vieillard, appuyé fur Ferry ; Zoah le recon-
nut ; le raviffement le faifit ; il tomba par terre... Fille
de Hannem ! reprit Ferry, en s'adreffant à moi, pré-
fervons des jours qui nous doivent être plus chers que
les nôtres ; foulageons les tourmens que fouffre un Pere
adorable, à la vûe de tes miferes. Elles pénétrent fon
ame d'un attendriffement qu'il n'a pas la force de foutenir ; ouvre les yeux, me dit-il, épuife tes regards fur
un Vieillard qui fe préfente à toi évanoui fur mon fein.
Reconnois à des marques fi douloureufes & fi fenfibles,
reconnois Haffan ton Ayeul, à qui ta Mere infortunée
doit le jour : rens-lui l'hommage que le fang doit au
fang foutiens, prends & ferre en tes mains fa main
facrée, arrofe-la de tes larmes, pour le prix de toutes
celles qu'il a verfées pour toi. Hélas ! pendant ce difcours fon vifage en étoit baigné. Je fus bien-tôt à fes

genoux, je les ferrai de toutes mes forces, ma tête renverfée, mes yeux élevés à lui; les fiens alors s'entrou-
vrirent fur moi, fes fanglots redoublerent, fes larmes
coulerent, il en verfa fur moi, il en verfa qui glacerent
mon front, qui me percerent le cœur, qui porterent
jufqu'au fond de mon ame le faififfement mortel dont
il étoit lui-même atteint. . . Oh! mon Pere! m'écriai-
je, dans l'entoufiafme qui m'emporta foudain, oh! mon
Pere, revenez à la vie, ou je vais perdre la mienne! Oh!
mon Pere, recevez en moi les embraffemens de toute une
trifte famille. Voyez Saheb, voyez Hannem en moi,
voyez à vos facrés genoux un Enfant que fes infortunes & fes défaftres touchent biens moins que vos douleurs: Oh! mon Pere, m'écriai-je encore, ceffez de
pleurer les maux que nous avons tous foufferts; ne vous
occupez plus que des miens, que de ceux de l'Enfant
qui vous refte; hélas! lui dis-je, les miens jufqu'à ce
jour ont été infinis. Mais je fens qu'ils ceffent, qu'ils
difparoiffent au moment que je vous retrouve, que le
Ciel permet que je vous fois rendue au moment que
je vous vois, & que je puis efpérer de vous revoir
toujours.

Un inftant après que j'eus achevé ces paroles, mon
Ayeul revint à lui, il reprit fes forces; il enferra mes
mains dans les fiennes; je remarquai dans fes regards
une férénité douce & tendre, qui peu à peu dévoila
toute fon augufte face, & bientôt fut fuivie de nouveaux foupirs, & de nouveaux pleurs; mais qui ne furent que l'effet de fa joye naiffante, & teinte encore de

fa

fa douleur; il éleva fa voix au Ciel, & dit : Dieu tout-
puiffant ! tes volontés font irrévocables ; le défaftre de
ma famille eft accompli ; mes enfans font difperfés, &
vagabonds fur la terre ; cependant, tu m'en laiffes un,
tu permets que je le retrouve ; tu veux que je le recon-
noiffe encore aux traits de ton courroux ; mais tu permets auffi que je goûte à l'embraffer une joye fi vive,
un attendriffement paternel fi grand, que j'y crois voir
ton courroux terrible, entierement calmé. . . . Oh ! fille
de ma chere Hannem, reprit-il, (en abaiffant les yeux
fur moi,) couvrons d'un crêpe éternel l'affreux tableau
que Zoah vient de nous peindre ; nous ne pourrions
nous en occuper plus long-temps, fans reprocher au
Dieu fuprême qui gouverne le monde, un courroux in-
jufte qui ne peut être en lui, & qui ne paroît tel à de
foibles créatures, que parce qu'elles ne pénétrent point
la profondeur de fes decrets. Tu me reftes, me difoit
cet augufte Ayeul, tu me tiens lieu de tout ; je ne puis
plus m'occuper que de toi ; apprends-moi, tendre & foible créature, par quel enchaînement admirable tes jours
ont été confervés jufqu'à ce moment ; par quel événement miraculeux le trifte Haffan, déguifé fous le nom
d'Atabek, traverfant les déferts de Syrie, trouve fur fes
pas la fille de fa chere Hannem abandonnée, mourante,
prefque enfevelie dans les fables ; que je fçache enfin,
quelles circonftances étranges ont accompagné ton enlevement, & comment après un fi long efpace de temps,
le Ciel t'a remife dans les mains de mon ancien Efclave, de mon fidele Zoah, à qui je fus cher jadis, & que

P

j'aurois confervé toujours fi Saheb mon gendre , fi ta Mere Hannem ne m'avoient engagé à m'en priver pour çux. . . . Hélas ! vénérable Ayeul (lui répondis-je) vous me demandez ce que j'ignore, je ne me connoiſſois pas moi-même il y a un moment ; & votre ancien Efclave, qui vient de m'apprendre la moitié de nos malheurs , eſt feul capable de nous en raconter la fuite & le reſte. Alors Zoah prit la parole , & dit : Mon facré Maître , le Ciel eſt témoin des mortelles allarmes que ton abſence m'a cauſées , & lui feul peut connoître l'excès de la joye qui me ravit en ta préſence ; je fuis ce même Eunuque dont tu fus le premier Maître ; ce même Zoah dont tu fis un don à tes chers enfans ; qui fut près d'eux ce qu'il s'étoit promis d'être près de toi , & qui après des dé-faſtres inouis a vû l'enfant de tes enfans plus malheu-reux , & plus à plaindre encore que fes Peres. . . . J'ai déja raconté ce que mes yeux en ont vû ; tu veux que je continue, il faut que je remonte à cette abominable journée, où ton gendre l'Emire Saheb , mon Maître in-fortuné, vit enlever fa fille , & fut livré aux bourreaux du Muphti.

On me retint dans le Caravanſera d'Egly. On m'y chargea de chaînes. On s'occupa de moi comme d'un méprifable Abyffin. Les Brigands prirent foin de mes jours, en y attachant un prix d'argent ; ils convinrent entre eux de me faire bien-tôt paſſer dans une autre fer-vitude ; en effet, peu de jours après je fus conduit dans cette ville d'Alep & préfenté au Pacha ; il devint mon nouveau Maître , & je me vis ſon Efclave livré au fer-vice de fon Serrail.

Je me croyois dans ce Serrail deftiné à confommer le refte d'une miférable vie, entierement abforbée dans les regrets, dans le fouvenir de mes pertes déplorables, dont l'affreufe image étoit toujours préfente à mon efprit, & ne cefloit jamais de faire faigner mon cœur. Douze années s'accumulerent ainfi fur ma tête, lorfque pour la premiere fois je me fentis diftraire de mes propres peines, pour prendre part à de plus touchantes, & qui étoient bien dignes d'arracher ma compaffion ; c'étoit une vierge, hélas ! dont la jeuneffe, dont la candeur & la beauté avoient par fes mépris outragé un fier Pacha, & que l'on confignoit à ma garde comme une criminelle dans une affreufe prifon ; elle m'étoit inconnue ; je ne voyois en elle qu'une victime des Loix, qu'une jeune malheureufe tourmentée par un Maître irrité ; mais ç'en étoit affez pour la plaindre, & pour devoir chercher à foulager fes douleurs. J'y appliquois tous mes foins, & depuis même quelques jours ; quand un Etranger parut, s'approcha d'elle, lui parla, & acheva fans doute de déchirer fon ame. Je le jugeai par fes fanglots, & par fes nouveaux cris qui retentirent autour d'elle, & qui porterent jufqu'à moi les allarmes & la confternation, non-feulement jufqu'à moi, mais jufqu'à l'Etranger qui parut en la quittant tout troublé, tout confterné lui-même ; je le confiderai, fon vifage me frappa. Je l'arrêtai, fes traits me rappellerent le coupable Pélerin. J'en reculai d'étonnement ; je le reconnus ; je le retins encore. Perfide ! lui dis-je, rends-moi compte de la fille de mon Maître que je t'ai confiée dans le Cara-

P ij

vanſera d'Egly; apprends-moi ſa deſtinée, ou crains la
tienne ?.. Ah ! me dit-il , c'eſt toi miſérable Eunuque...
eh ! la voilà commiſe à ta garde . . . . A ces mots je
crus ſentir la terre ſe dérober ſous moi ; nous demeurâmes interdits l'un & l'autre ; mais l'intérêt de mon infortunée Maîtreſſe étoit trop grand pour ne pas rappeller
promptement mes ſens. Je l'interrogeai ; il connut mon
impatience ; je vais , reprit-il , te ſatisfaire & t'inſtruire
en peu de mots de ce qui s'eſt paſſé. Tu connoîtras qu'il
eſt des fatalités humaines , que les plus ſages projets ne
peuvent détourner. Cet homme alors me raconta ſon
hiſtoire , & me parla en ces termes.

J'étois, me dit-il, dans le Caravanſera d'Egly ; ce
fut-là que par une circonſtance biſarre j'entendis tramer
la perte de l'Emir Saheb , & l'enlévement de ſon Enfant. J'appris que l'Emir étoit gendre de Haſſan , le
Souverain d'Anna , qu'il avoit obtenu de lui la belle
Hannem ſa fille , malgré toutes les inſtances du Muphti
Sezula , qui dans le même temps l'avoit d'autorité de-
mandée pour ſon fils ; j'appris que cette préférence en
faveur de Saheb , avoit été regardée , comme un outrage
par le Muphti ; qu'il en avoit conçu une haine , ou bien
plutôt une rage éternelle , contre Haſſan & toute ſa
Famille ; que par un ſerment horrible il avoit juré que
de ce mariage, on ne verroit jamais un enfant proſpé-
rer ſur la terre. J'appris enfin , que n'oſant pas déployer
ouvertement l'autorité qui étoit en ſes mains , il offroit
en ſecret de très-groſſes récompenſes pour qu'on lui li-
vrât ce premier Enfant de l'Emir ; qu'il avoit même à

cet effet acquis à prix d'argent plufieurs Efclaves de fa maifon, & celui qui racontoit toutes ces chofes en étoit un, qui avoua n'être venu à fa fuite, que pour trouver le moyen de le trahir plus fûrement.

J'eus le courage d'entendre ce projet malgré l'horreur dont je fus d'abord faifi ; mais dans le même inftant j'en fis un autre, ce fut de le prévenir & de préferver par mes foins & par mon adreffe Saheb & fon Enfant, dont les malheurs excitoient d'avance ma pitié, & fuffifoient bien pour porter ma vertu à tout entreprendre...

Pour réuffir avec moins de danger, je me mêlai parmi plufieurs Pélerins qui revenoient de la Mecque; je me vêtis comme un Pélerin moi-même, fçachant combien fous cet habit on eft refpecté, & en cet état je me préfentai devant l'Emir ton Maître... Souviens-toi que tu me remis fa Fille dans le moment même que les Brigands fe préfenterent pour l'attaquer. Je ne fçais quel parti tu aurois ofé prendre à ma place; mais voici celui que je pris ; j'enlevai l'Enfant dans mes bras, je le couvris de ma robe ; j'apperçus une fecrette iffue, je m'y abandonnai, je marchai dans les ténébres, je compris que ce devoit être un fentier fouterrain, je le fuivis fans répugnance, n'ayant à fuir que la lumiere du jour ; je portai dans mes bras cet Enfant, qui par fes cris perçoit mon ame, & fembloit déja connoître & pleurer fes malheurs ; mais je le fauvois, & le fentiment d'une action fi généreufe, ranimoit mon courage & mes forces ; c'eft ainfi que j'errois à l'avanture dans ce noir fentier, où aboutiffoient plufieurs cavernes ; je les traverfai ces cavernes, & je continuai une marche incertaine long - temps.

Cependant à force de porter mes pas en avant, un bruit ſourd, un murmure effrayant ſe fit entendre; je marchai toujours, le bruit augmenta, ce murmure devint bien-tôt un mugiſſement épouvantable, & tel qu'eût été pour moi l'affreux abord des enfers, lorſqu'un rayon de lumiere parut ſoudain ſur ma tête; je levai les yeux, je vis la voûte ent'rouverte, je me ranimai voyant que plus je marchois, plus la lumiere étoit grande; je découvris le Ciel & la Terre. . . . Enfin, je me dégageai de ces routes ténébreuſes, & ma ſurpriſe fut ſans égale, lorſque je me trouvai ſur une plage aride, & que je vis une Mer & des flots agités. . . . Je te laiſſe à penſer la terreur qui me ſaiſit; mon premier ſoin fut de voir en quel état étoit ce malheureux Enfant dont j'étois chargé; je découvris ſon viſage, & j'y vis la pâleur de la mort, je n'en pûs ſoutenir l'aſpect; je ſentis mes forces épuiſées; je m'appuyai ſur une roche, & y demeurai quelques momens, pour me remettre de mes fatigues, & rétablir mes ſens troublés. Je ne revins pas à moi ſans peine, & quand toute ma raiſon m'éclaira, je n'en fus que plus à plaindre, me voyant ſeul ſur cette plage, privé de tous ſecours, par la faute que j'avois faite de laiſſer mon Eſclave au Caravanſera, ou plutôt par le malheur des circonſtances, qui ne m'avoient pas permis de l'emmener avec moi. . . . Je refléchiſſois amérement ſur ces choſes, & portois mes regards à l'avanture; je vis une vieille femme qui deſcendoit du haut de la roche où j'étois: j'implorai ſon affiftance, elle vint à moi, je la priai de me dire quelle étoit cette Terre, quelle étoit cette Mer; elle m'inftruifit avec charité, elle m'apprit que j'étois à un mille du Caravanfera d'Egly, que cette Côte étoit celle de Baruth : elle m'emmena dans fa cabane qui étoit voifine, elle y prit foin de mon Enfant; car c'étoit le mien, puifque fon fort excitoit en moi la douleur & la tendreffe d'un Pere; & qu'en effet je me fentis confolé & encouragé de nouveau, lorfque je le vis quelques heures après bien repofé, & bien rétabli pendant le peu de féjour que je fis dans la cabane de la vieille femme. Je l'interrogeai fur les moyens que j'avois à prendre pour fortir de cette plage, & retourner en ma patrie; mais tous ceux qu'elle m'indiquoit, me paroiffoient auffi périlleux à entreprendre que fatiguans à exécuter.

Elle me confeilla, pour me réfoudre, d'attendre l'arrivée de fes trois fils, & j'appris que fes trois fils, qui demeuroient dans la cabane avec elle, étoient des Pêcheurs; qu'elle étoit montée fur la roche pour tâcher de reconnoître la voile de leur petit Vaiffeau, qu'elle l'avoit enfin découverte, & qu'elle étoit defcendue comptant que fes fils alloient arriver; en effet, ils arrivoient au moment même qu'elle m'en parloit. Nous fortimes & nous fumes au-devant d'eux; je les inftruifis de mes peines & de mes inquiétudes; & ces trois fils vertueux comme leur Mere, y prirent part, & m'offrirent leurs fervices.

Je formois déja le deffein de leur demander afyle pour quelques jours dans la cabane où ils demeuroient, efpé-

rant d'y être ignoré , & de parvenir à fçavoir fecrettement quelle auroit été la fin de la tragique avanture de
Saheb ; mais lorfqu'ils me raconterent que cette plage,
environnée de rochers efcarpés , étoit une retraite de Brigands, qu'ils y venoient par les fouterrains que j'avois
pratiqués moi-même; qu'ils s'y établiffoient en fûreté ,
d'abord après qu'ils avoient commis quelques ravages
aux environs qui les forçoient à fe cacher ; je fus fi fort
effrayé , je les crus fi près de moi, que je priai ces Pêcheurs d'avoir pitié de mon état , & que j'obtins d'eux
de paffer dans leur barque & de m'expofer à tous les dangers de la Mer , qui étoit alors fort agitée , plutôt que
de demeurer fur cette terre criminelle un moment de
plus.

Je ne me donnai que le temps d'adreffer à leur Mere
une priere nouvelle , c'étoit de fe tranfporter au Caravanfera , de s'informer de mon Efclave, de le chercher,
de le trouver , de lui apprendre tout ce que j'avois fait
& tout ce que j'allois faire ; de lui porter ordre de ma
part de s'attacher au fervice de l'Emir Saheb , au cas
qu'il vécût encore, de fuivre & de fecourir le Pere avec
autant de courage & de zéle que je fecourois l'Enfant ;
d'inftruire ce Pere infortuné de mon nom, de mon état,
de ma demeure, pour qu'il pût y retrouver fa fille dans
un temps plus heureux , & de l'affurer que je ne ferois
plus de ma vie d'autres vœux au Ciel que celui-là.

Je repris ce trifte objet de tant de défaftres ; je le portai à la barque ; j'y montai ; les trois Pêcheurs remirent
à la voile , au rifque de fe brifer mille fois contre les
écueils.

écueils. Leur audace & leur habileté nous en fauverent, nous nous vîmes bien-tôt dans la grande Mer, & la violence des vents ne fervit plus qu'à accélérer notre navigation. En peu de jours nous nous reconnûmes dans l'Archipel, & arrivâmes à l'Ifle de Scio ma Patrie, & enfin dans l'habitation que j'y poffede. Ce fut alors, que confidérant par quels travaux, par quels efforts, j'avois pû fauver les jours d'un Enfant que le hafard m'avoit remis, que me rappellant par quelle fortune j'avois pû le tranfporter des terres de Syrie jufqu'en ma Maifon, que ravi de joye d'avoir accompli une fi belle œuvre, je formai le projet d'une autre qui n'étoit pas moins digne de moi. Ce fut de m'attacher à cette jeune Créature, de l'élever, de la chérir, avec un cœur de Pere, & de garder un fecret inviolable fur l'affreufe cataftrophe qui l'avoit fait paffer en mes mains, dans la penfée que fi le Ciel prêtoit fecours à l'Emir fon Pere, il feroit affez tôt de l'inftruire, lorfqu'elle apprendroit en même temps que fon Pere lui feroit rendu ; & que fi au contraire les immuables deftinées avoient confommé la perte & la ruine entiere de cette famille, vivant près de moi, dans une ignorance profonde de tant de malheurs, elle n'en auroit ni le fouvenir, ni l'image, & n'en fentiroit aucunement les effets ; & je me félicitois de cette extrême réferve, voyant réellement la fille de l'Emir Saheb fous le nom de Daïra que je lui avois donné, croître & s'élever fous mes yeux, ne connoître fur terre d'autre Pere que moi, contente de la fimplicité de fon état, & d'un avenir doux & fimple,

Q

de même qu'elle comptoit lui être préparé ; mais cette paix du cœur & de l'esprit dont elle jouissoit dans l'ignorance de son sort, ne calmoit point mes inquiétudes sur elle, je les sentois au contraire augmenter avec les années, d'autant que d'une saison à l'autre son adolescence se formoit, sa taille s'élevoit, & que les beautés qui se développoient en elle, attiroient sur elle déja tous les regards des habitans de l'Isle, & faisoient leur principal entretien.... Je ne voyois point depuis douze années revenir mon Esclave, que j'avois laissé au Caravansera, près de l'Emir son Pere ; tout me fit conclure & juger que mon Esclave étoit perdu pour moi ; & je ne doutai plus que l'Emir ne fut perdu lui-même. Qu'en arriva-t'il ? C'est que sa fille infortunée ne m'en devint que plus chere ; c'est que je n'en fus que plus ardent à lui chercher un établissement digne d'elle. J'étois connu d'Ali Oglou qui regne en ces lieux ; sa probité & ses bontés pour moi méritoient toute ma confiance ; je lui écrivis sur tout ce qui s'étoit passé ; je lui racontai ce que j'avois osé entreprendre, & ce que j'avois accompli depuis le meurtre de Saheb ; je lui peignis les charmes de sa fille ; je la lui proposai pour en faire son Epouse ; son cœur en fut flatté, & rien ne le retint que la peur qu'un mariage aussi célébre, ne vint à la connoissance du Muphti Sezulla, dont il jugeoit bien que la haine, étoit une haine Persanne qui subsistoit toujours, puisque ces vengeances sur le Pere n'étoient point encore assouvies sur l'Enfant, & tu vas voir qu'il ne se trompoit pas. Je redoublai cependant

mes foins & mes démarches auprès d'Ali Oglou. Tout
fut convenu ; & je ne m'occupois déja plus qu'à confommer les fommes d'argent que j'avois pû acquérir jufqu'alors , pour parer Daïra d'étoffes précieufes , pour
orner fa tête des plus rares pierreries , pour la mettre
dans un appareil digne du rang où je la faifois monter ;
lorfqu'un foir au coucher du Soleil , un homme entre
chez moi , & demande à me parler feul ; je reconnus un
Capigi Bachi ; j'en frémis. Je le fuis, me dit-il, voilà
par écrit l'ordre du Sultan , confirmé par le Muphti ,
qui te commande de me livrer à l'inftant la fille de l'E-
mir Saheb , que tu as enlevée à fon Pere , & que tu ofes
garder comme une Efclave dans ta Maifon depuis tant
d'années ; le Sultan la demande pour la retenir auprès
de fa Hauteffe , pour réparer , par fes bienfaits , les af-
fronts qu'elle a foufferts chez toi . . . Hélas ! Seigneur,
lui dis-je, vous ne pouviez m'annoncer une plus heureufe nouvelle ; je n'ai jamais connu l'Emir , dont vous
parlez : Sa fille eft tombée en ma Maifon par un coup
du fort bifarre & inoui ; la pitié feule m'a fait prendre
foin d'elle , en attendant qu'on vint la reclamer ; perfonne n'a paru jufqu'à ce jour , je ne fçavois déja plus à
quoi me réfoudre à fon égard , puifqu'en effet une fille
de fa naiffance & de fa dignité , ne peut être chez un
pauvre Marchand comme moi qu'un fardeau de plus en
plus embarraffant & onéreux. Que le Ciel ! (m'écriai-je)
béniffe à jamais le Sultan notre Maître, dont la bonté
s'étend jufqu'à recevoir de mes prophanes mains cette
jeune Princeffe pour la retirer de l'aviliffement où elle

Q ij

eft, pour lui faire connoître une vie toute nouvelle &
la rendre heureuſe & glorieuſe autant qu'elle mérite !
Permettez, lui dis-je, que je la prépare à cet admirable
événement, que je lui apprenne par dégrés ſon hiſtoire
qu'elle ignore, & que j'ai cru devoir lui faire ignorer
juſqu'à ce jour ; permettez qu'après lui avoir fait le récit
de tous ſes malheurs paſſés, je lui annonce avec les mêmes égards le rétabliſſement de ſa fortune, les biens &
les honneurs qu'elle doit déſormais eſpérer ; elle eſt dans
un âge tendre, & je lui connois une ame ſi vive & ſi
ſenſible, que ſi nous allions tout-à-coup la frapper de
tant d'événemens à la fois, elle ne ſoutiendroit jamais
ſa joye & ſon étonnement ; ce ſeroit en elle une révolution ſubite qui mettroit ſa vie en danger.

Par ce diſcours j'obtins du Capigi Bachi de différer
d'un jour, & nous convinmes que le lendemain à la
même heure je remettrois Daïra entre ſes mains. . . .
Le perfide Muphti n'avoit pas pouſſé ſon artifice aſſez
loin : le Capigi Bachi étoit de bonne foi ; il n'avoit
point connoiſſance des vrais motifs de l'ordre dont il
étoit porteur ; il ignoroit que cet ordre n'étoit qu'un
ſtratagême, pour couvrir les criminels projets du Per-
ſan. Mon acquieſcement, mon indifférence apparente
acheverent de le tromper ; il ſe retira. Tous les momens furent alors importans pour moi, je n'en perdis
pas un. Je me rendis dans la chambre de Daïra ; je
m'impoſai une contenance auſſi tranquille que je le pus ;
je lui déclarai ſon mariage avec Aly Oglou : elle n'y
répondit, hélas ! que par des larmes & des gémiſſemens

qui me défefpérerent, & qui penferent arracher de moi
le funefte fecret que j'avois gardé jufqu'alors; mais je
la refpectois trop dans fes douleurs, pour lui porter un
fi terrible coup ; elle n'y auroit pas furvêcu un moment :
je m'obftinai donc à la fauver malgré elle-même ; j'employai toute la nuit à la calmer, à la fléchir ; le jour
parut ; fes cris ne firent que redoubler ; pouffé enfin
d'une fureur que fon intérêt feul m'infpiroit, j'entrepris de la ravir moi-même, & en effet je l'enlevai hors
de ma maifon, je me fis tranfporter avec elle fur le
Port; je m'embarquai feul avec elle fur un Vaiffeau
qui m'attendoit; nous partîmes, & peu de jours après
arrivâmes en Syrie.

Les Gardes, les Officiers de la Maifon du Pacha ont
reçu Daïra comme l'Epoufe de leur Maître ; nous fommes entrés dans la Ville d'Alep, tout y a retenti d'acclamations & de chants à fa gloire, dont la fille même
de Saheb eût dû être fatisfaite ; les Peuples en foule
l'attendoient à la Mofquée; le Pacha étoit prêt à lui
donner fa main, & c'eft dans cette circonftance la plus
fortunée de fa vie, & la plus délicate qu'on a vû de
nouveau fortir de fa bouche des cris, des gémiffemens,
des imprécations criminelles contre l'Epoux qu'on lui
donnoit ; c'eft dans cette fituation la plus digne de
fes vœux, qu'elle outrage l'honneur du Pacha, avec une
violence & une audace qui de la part de toute autre
auroient été fuivies d'une mort foudaine. . . .

La clémence du Pacha d'Alep eft fans égale ! me
difoit ce vertueux Marchand ; il m'a appellé, il m'a

confié fes peines , il m'a infpiré lui-même de venir
trouver cette Infortunée coupable dans fon obfcure prifon , & d'employer les dernieres reffources pour rétablir l'ordre dans fes idées, pour la faire confentir à fes
devoirs, & à faire ceffer fes difgraces. Mais, hélas!
s'écria ce Marchand, avec le cœur d'un pere défolé,
elle eft aujourd'hui la même fous la puiffance & dans
les châtimens d'un Maître irrité, qu'elle étoit ci-devant,
lorfqu'elle fe fentoit libre en ma maifon ; elle m'a réduit
à la frapper du dernier de mes coups, & je vois que je
l'en ai accablée, & que peut-être ce fera tout leur effet.
J'en tombe accablé moi-même ; je remporte avec moi
des douleurs égales à celles que je lui caufe. Cher Eunuque ! (reprit ce généreux Homme) les yeux en larmes
fixés fur moi, s'il me refte un efpoir pour fes jours, je
le mets en tes mains ; tu fus à fes Peres, tu as expofé
déja ta vie pour elle ; la voilà fous ta garde ; je la re-
commande à ta pitié & à tes foins ; quant à moi, me
dit-il, je quitte ces lieux, & vais errer de contrée en
contrée ; j'ai fauvé l'Infortunée Daïra des mains du
Muphti ; j'ai défobéï aux ordres du Sultan mon Maître,
j'ai tout à craindre déformais ; un Efclave eft parti de
Scio peu de jours après moi, & m'a appris que déja
mes biens font confifqués, que ma maifon eft au pillage,
& qu'on me cherche par-tout. Ces premiers traits de
vengeance m'apprennent qu'on m'en réferve d'autres;
il faut m'en garentir, il faut que j'abandonne ma patrie, ainfi que mes biens, pour fuir dans quelque climat étranger, & y paffer mes triftes jours dans la mi-

fere & dans les larmes , jufqu'à ce qu'il plaife au Dieu
de Mahomet d'en ordonner la fin.

Par ce difcours , oh ! Daïra ! oh tige digne de renaître fous des Aftres plus propices ! j'appris combien
leurs influences criminelles avoient pourfuivi tes premiers ans ; j'appris, oh ! mon Maître ! oh ! mon cher
Maître ! j'appris que l'Enfant de tes Enfans, que je re-
gretois, que je pleurois depuis douze années , étoit cette
jeune Infortunée , cette Daïra , percée de mille douleurs , gémiffante , défefpérée , étendue par terre au pied
d'un cyprès funébre, dans une infâme prifon. Oh ! jufte
Ciel ! & je me vis moi malheureux Efclave du Pacha,
condamné par ce nouveau Maître , à devenir l'ordonna-
teur de fes tourmens, & l'éternel témoin du plus trifte
fpectacle qui pût jamais dans la nature s'offrir à mes
yeux ; toute ma tête fe fillonna de cette épouvantable penfée ; je devins tout-à-coup à moi-même un objet d'exécration. Je ne me crus pas digne de refpirer
un moment , & j'allois me précipiter dans le Canal du
Soïc pour paffer dans les abîmes de la nuit fans fin ,
quand un élancement de fon ame prefque expirante, porta
un cri jufqu'à moi , & rappella toute la mienne à fon
fecours. Je n'eus plus dès ce moment que fon fecours
en vûe ; j'embraffai le Marchaud de Scio, ce Saint Per-
fonnage , que fon zéle , que fa pitié pour elle ont mis
dans un fi déplorable état. Je l'embraffai de toute la
tendreffe de mon cœur; je le quittai pour voler à ce
trifte cyprès, au pied duquel je vis Daïra ta fille , la
tête renverfée , & toute fa perfonne célefte fans vie &

fans mouvement. Mes foins près d'elle profpérerent ; les
forces lui revinrent ; & alors fi j'euffe été feul , fans
doute , que j'aurois tenté fon évafion , quitte à fubir une
mort infaillible ; mais nous étions trois autour d'elle , &
je n'aurois fait que périr, fans parvenir à la remettre en
liberté. Je me vis donc réduit à diffimuler & à faire
tous les efforts poffibles pour garder en fa préfence un
filence abfolu fur l'hiftoire de fa vie. Je me conduifis
à l'exemple du Marchand de Scio : Ses réflexions fur
l'importance du fecret, me furent toujours préfentes ;
je voyois que pour la confervation d'un fi précieux Enfant, ce fecret devoit être à fon égard même inviolable : auffi n'avois-je près d'elle que l'apparence d'un
Efclave, honoré de la confiance de fon Maître, &
feulement à diftinguer des autres par mon zéle à la
fervir ; ce myftere fe foutint, & nous parvinmes ainfi
jufqu'à l'effroyable cataftrophe où j'ai crû voir fa perte
irrémiffible, & celle de fon Amant. . . . Quel fpectacle ! oh Ciel ! mes fens en font encore émus. Je ne
fçais quelle terreur me faifit , lorfque j'ofe encore y
penfer. Oh Fille de Saheb ! que Zoah , ton fidelle Efclave a fouffert pour toi de mortelles allarmes... Le
dirais-je, ce que le Ciel m'infpira pour te fauver, lorfqu'après ce combat funefte, je vis ton téméraire Amant
enlevé & tranfporté hors du Serrail plus mort que vivant, & que j'eus tout à prévoir & tout à craindre
pour toi, des fuites de cette affreufe avanture... Oüi,
je te le dirai, parce que je veux que mon Maître fçache
que j'ai été conftant dans mes devoirs, mais plutôt

                                          parce que

parce que je veux rendre hommage à la vertu, & que
je crois que pour les cœurs qui l'aiment, elle ne peut
être trop manifeste & trop célébre. Je pris un fabre
d'Aly ; je fus remettre ce fabre en fes mains ; je me
jettai à fes genoux ; je lui offris ma tête pour la tienne ;
à peine daigna-t'il m'entendre ; il me confondit d'un
regard de pitié : & voici quelle fut fa réponfe. Zoah !
me dit-il, tu crois que l'on peut punir une tête innocente, pour préferver une tête coupable ; cette penfée
te rend coupable toi-même à mes yeux, & je ne pardonne qu'à l'intérêt qui t'anime ; mais lorfque tu veux
(reprit-il) fauver les jours d'une femme que toutes les
Loix condamnent à périr, & que je confidere une Criminelle que je n'ai connue dans mon Serrail que par fa
haine, fes fureurs, que par fes attentats ; une Criminelle que j'ai voulu recevoir comme une Epoufe, qui
n'a répondu à mes fentimens que par des outrages,
que j'ai tenté d'humilier vainement, & dont l'orgueil
s'eft accrû de mes bontés comme de mes rigueurs : une
Criminelle enfin, toute embrâfée d'amour pour un Barbare, capable dans mon propre Serrail de s'armer avec
lui contre moi, capable de porter l'audace, la rage &
la folie, jufqu'à m'arracher le poignard que je porte,
pour m'en percer le cœur, pour m'immoler elle-même,
au perfide qu'elle aime. Certes, reprit Aly, tant de crimes, tant de forfaits enfemble parlent pour elle, & doivent déterminer fa grace & fon pardon.... Zoah ! me
dit-il, d'une voix touchante, & qui pénétra mon ame,
on ne fe livre point à de femblables excès, on ne tombe

R

point dans un femblable égarement que lorfqu'on a perdu tout ufage de la raifon : certes, dit-il, je la jugerois plus coupable, fi elle m'avoit moins offenfé; je la plains, & je veux la fauver comme toi. Cependant la Loi commande, il faut lui obéïr; je ne puis la difpenfer, pour l'exemple du Serrail, de lui faire fubir les formes d'un jugement rigoureux; mais comme je n'ai que fon falut pour objet, tu n'en dois rien craindre, tu affifteras au Divan, tu y parleras à ton tour, tu y prendras fa défenfe, & ton avis fera le feul que je fuivrai. . .
Oh! clémence! oh grandeur d'ame! vraiment digne des Enfans du Prophête, & que le Vénérable Aly a portée plus loin qu'eux; car tu fçais qu'il te remit en mes mains, qu'il me donna la liberté, qu'il me promit un don de cent Sequins; mais tu ignores combien fa bonté s'eft étendue fur toi-même, tu ignores que fi j'ai reçu les cent Sequins pour moi, j'en ai reçu pour toi deux mille, que je dois employer à tes befoins, qu'il m'a chargé de t'équiper en femme de ton rang, & de te conduire loin de ta vraye Patrie, en des lieux de fureté. C'eft ce que j'étois tout prêt à faire; c'eft ce que je venois ici te propofer; mais puifque le Ciel nous rend ici même mon Augufte Maître, ton vénérable Ayeul, me voilà fon ferviteur toujours fidelle, fon Efclave toujours zélé; j'attens fur tout ce qui te regarde, l'honneur de fes commandemens.

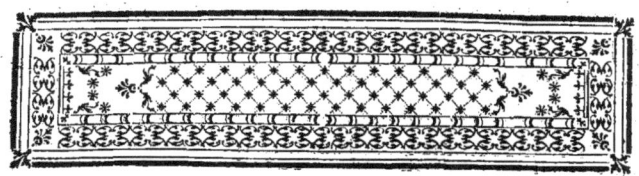

DAÏRA.

HISTOIRE ORIENTALE.

QUATRIÉME PARTIE.

 O A H finit fon difcours ainfi ; mais tant d'événemens, tant de prodiges, tant d'énormes images nous parlerent long-temps après lui ; nous en demeurâmes féparément confondus, interdits, fans que mon Ayeul, fans que Ferry lui-même prononçât une parole. Quant à moi, mon hiftoire fermentoit fi fort dans ma tête, elle y fit des routes fi étranges & fi neuves, que j'en perdis bien-tôt l'habitude de mes idées, que je fentis en moi une métamorphofe totale, comme fi mon ame en effet eut fait place à une autre, & que cette autre toute nouvelle & toute nue, eût reçu des difcours & des récits de Zoah, un nouvel être, un premier fentiment.... Je me repréfente un tendre Enfant, qu'une puiffance magique éléveroit fubitement à l'âge de force & de raifon, fans

le faire paffer par les degrés qui y menent , un Enfant
changé en Homme, un Homme qui ne fe verroit plus
Enfant ; je me repréfente cet Homme neuf, étranger à
lui-même , de qui les fens attentifs feroient ouverts à de
nouvelles idées, & qu'on verroit tout-à-coup perdre
de vûe & de fouvenir les foins frivoles , & les travaux
puériles qui auroient occupé fon bas âge l'inftant d'a-
vant cette transformation. C'eft ainfi que mes plus
grands maux, que mes plus rudes peines s'évanouirent,
que toutes les épreuves de ma trifte jeuneffe ne parurent
plus à mes yeux qu'un tableau vague ; c'eft ainfi que le
premier entoufiafme qui m'emporta, fit taire mes fentimens accoutumés , les rejetta loin de moi , & m'éleva
tout-à-coup à de plus hautes affeƈtions , & à de plus
grands intérêts. Fille de Prince Arabe , j'euffe voulu
dès-lors voler aux lieux de ma naiffance pour y revoir
un Pere adorable , qui dans ce premier mouvement, fe
peignoit à moi vivant & regnant parmi fon Peuple ,
comme s'il eut démenti lui-même toute l'hiftoire de
Zoah , comme fi l'on m'eut donné la nouvelle fubite ,
que fes précieux jours avoient été refpeƈtés des Brigands.
Mais après m'être égarée un moment dans ces illufions ,
j'euffe voulu du moins me lancer dans les bras de ma
Mere Hannem , pour y recueillir fes larmes , pour y
partager fes ennuis, pour l'accabler de mon amour & de
mes careffes , & l'aider à fupporter la perte de fon Epoux
infortuné ; & j'étois intérieurement agitée de mes penfées & de mes défirs, lorfque nous remarquâmes que mon
Ayeul Haffan ne pouvoit plus foutenir la lumiere , qu'il

s'affoiblissoit , qu'il étoit près de succomber sous le poids de tant d'infortunes. Ferry l'embrassa, & le porta dans la chambre voisine, où il prit quelque repos.

Il me vint alors en pensée de m'entretenir avec Razzivil : que j'avois de choses à lui dire , ou qu'elle en avoit à me conter ! Nous prîmes le temps que Zoah fut en ville y retenir des voitures pour nous faire partir incessamment d'Alep. Razzivil s'approcha de moi , me prit & me serra les mains : ma chere Daïra ! est-ce vous que je revois, & dans quel état vous trouvai je ? Hélas ! que votre sort est digne de pitié ! je n'ose vous parler d'un Amant qui a traversé les Mers pour vous suivre , ni de son effroyable avanture dans le Serrail , où il s'est vû enlever sa précieuse Maîtresse , où peu s'en est fallu qu'il n'ait péri lui-même. Oh ! Ciel ! m'écriai-je., Belzek respire encore ! En quelle partie du Monde est-il ? Je n'ose souhaiter de le revoir ; il me croira morte, il est sans doute errant sur les Mers depuis que le Pacha l'a fait embarquer ; méritoit-il un sort si triste , après ce qu'il a fait pour moi ? Non , certes, reprit Razzivil ; il vous a suivie à Alep, il est homme à vous suivre au bout de l'Univers. Apprenez , ma chere Maîtresse , que le lendemain de votre enlevement de Scio , il vint me dire : Razzivil, partons, volons aux lieux qui vont renfermer Daïra ; je ne puis souffrir la vie éloigné d'elle , je quitte tout, rien ne peut m'arrêter, partons. En effet , nous partîmes, instruits que le Vaisseau de Fargani étoit destiné pour Alep , nous nous embarquâmes sur un autre, avec plusieurs passagers , qui d'avanture faisoient la même route. Le troifiéme jour de notre navigation nous fûmes attaqués par un Corfaire.

Le danger étoit grand ; l'Equipage peu nombreux étoit tout difpofé à fubir la Loi des Brigands ; ils entroient déja dans notre Vaiffeau ; Belzek feul, que fon ardeur d'amour rendoit invincible, prit une lance, fondit fur l'ennemi, & le força de capituler lui-même. Tout notre Equipage alors éleva des cris de joye & de reconnoiffance ; on lui offrit toutes fortes de préfens, qu'il dédaigna ; mais un Etranger vénérable, qu'il ne connoiffoit pas, le pria d'accepter un manufcrit de fa main, contenant les plus rares fecrets. Il fe nomma : c'étoit le fameux Bezzoudour qui s'en retournoit à Samofat fa Patrie. Ce fut par cet événement que Belzek inftruit comme Bezzoudour lui-même, tenta, pour vous voir, de pénétrer jufqu'à vous ; & ce qui nous a prouvé qu'il l'avoit fait malheureufement & fans fuccès, c'eft que nous l'avons vû paffer dans les rues d'Alep, efcorté de plufieurs Négres, qui le menoient à Alexandrette où il a dû s'embarquer.

Je me fentis fort foulagée par ce récit. Dans ce moment-là même, j'étois fi fort agitée, mes fens étoient dans un fi grand abattement par tout ce que je venois d'entendre, que je n'avois point affez de ma tête pour m'en occuper ; je ne penfois plus qu'au lieu où nous allions nous rendre. Atabek & Ferry devoient en décider. Pendant ce temps, j'apperçus un pigeon qui voltigeoit inceffamment & obftinément autour de mes fenêtres ; je m'en amufai ; je lui en ouvris une, il y entra ; je re-

marquai qu'il portoit un billet à fon cou ; le Maître de
la Maifon entra auffi-tôt , nous dit que ce pigeon qu'il
attendoit depuis long-temps venoit d'Alexandrette ; il
le prît , & détacha le billet : Il y lut l'avis qu'on lui
donnoit de l'arrivée d'un de fes Vaiffeaux ; mais il y trouva ces mots ajoutés : *Oh ! Daïra ! où êtes-vous ?* Il nous parut inquiet du fens de ces paroles. Je ne lui donnai pas
matiere à deviner cette énigme. Je compris que mon
Amant étant à Alexandrette , ne m'avoit ofé dire que
ces deux mots , pour m'apprendre qu'il y étoit ; qu'il
attendoit peut-être un Vaiffeau pour s'embarquer. Le
Maître de la Maifon me dit qu'il alloit envoyer un autre pigeon à Alexandrette , pour inftruire fes Corref-
pondans de ce qu'ils avoient à faire. Il fit devant moi
un billet, il me le montra , j'y ajoutai ces deux mots :
Oh ! Belzek, je refpire. Je comptois que c'étoit bien
affez lui dire que j'étois libre , & que j'allois trouver les
moyens d'aller à lui. Le Marchand me laiffa faire , plia le
billet, l'attacha au pied d'un autre pigeon , lui ouvrit les
fenêtres , le pigeon s'envola , mais d'une aîle rapide que
j'euffe voulu pouvoir lui dérober.... Ferry vint tout-à-
coup nous dire qu'il y avoit du danger de demeurer dans
cette Ville plus long-temps ; en effet, Zoah revint ,
nous amena des voitures , nous nous mîmes dedans , &
nous partîmes auffi ; mais fans que je fçuffe où elles
nous menoient ; moi dans la litiere d'Atabek , Razzivil dans une autre avec Zoah , & Ferry feul à cheval.
Je tombai alors dans la plus grande inquiétude ; je regardois fixement mon Ayeul , qui me confidéroit de

même, fans me dire quelle route nous prenions. Oh !
ma fille, (me dit-il,) puiffions-nous être à la fin de
nos peines ! ce temps heureux n'arrivera qu'à la mort,
ou à la juftice qu'on fera du Muphti. Il eft le Maître
dans cet Empire, le Sultan lui en abandonne les rênes;
il veut un mal à toute ma race, dont nous ne pouvons
nous garantir que par la fuite; ma chere Hannem ! le
premier objet de fes pourfuites ne vit plus ! Hélas, mon
Pere ! m'écriai-je ; mais, reprit-il, la rage de ce Muphti
vit encore, & nous pourfuivra toujours. Nous allons
nous retirer en filence; nous allons joindre ton Pere infortuné, qui ne t'a point vûe depuis ce jour affreux où le
Pélerin de la Mecque fut chargé de te dérober à la fureur des Brigands ; il fe croit, fans doute, affez malheureux pour avoir tout perdu ; quels tranfports ne lui cau-
fera point ta préfence ! J'en juge par ceux que tu m'as
caufés ; j'en ai fenti mon ame toute prête à me quitter ;
je n'en fuis point encore remis. Hélas ! m'écriai-je, je
reverrai donc un Pere fi cher ! En quel pays allons-nous
le joindre ? Y arriverons-nous bien-tôt ? Nous ne le re-
verrons point, me dit-il, dans l'état fortuné où le Ciel
l'avoit fait naître : Depuis que par un miracle, il a échap-
pé à la fureur des Affaffins du Muphti, il s'eft retiré dans
un fecret afyle ; Ferry que tu vois eft notre bienfaiteur ;
comme il n'eft point fujet du Sultan, il brave la colere
du Muphti, & nous met l'un & l'autre à l'abri de fes
violences, dans un Château fort éloigné de toute habitation ; nous allons en Cypre, ma fille, & c'eft là que
nos communs malheurs nous réuniront,

Je

Je viens, moi, du fond de l'Arabie, il m'a fallu passer par Alep, dans ces déserts où le destin t'a présentée à moi, dans l'appareil le plus étrange, le plus honteux & le plus misérable ; je m'en vais à Alexandrette ; je m'y embarquerai pour passer en Cypre, pour y joindre mon fils Saheb ; c'est là qu'avec toi, avec Ferry nous nous retirerons ; nous vivrons secrettement jusqu'à ce qu'il plaise au Maître des destinées d'en ordonner autrement. Que de graces nous avons à rendre à ce généreux bienfaiteur ! Il nous tend la main, quand tout le monde la retire ; seconde-moi, mon enfant, dans les mouvemens de reconnoissance que nous devons tous lui adresser. Nous allons donc à Alexandretre, dis-je à mon Ayeul, je ne pensois alors qu'à mon Amant ; le rouge me monta aux joues en prononçant ces paroles, je crois que Hassan le remarqua ; mais ne pouvant en pénétrer la cause, il ne m'en parla pas, & je demeurai moi-même dans un profond silence, occupée d'idées confuses sur le fort de Belzek, ne sçachant pas s'il étoit encore à Alexandrette, ou s'il en étoit parti, si il devoit croire que je fusse libre, s'il pouvoit penser que j'allois dans ce Port, que nous pourrions nous y retrouver, nous y entretenir, nous dédommager l'un par l'autre de nos traverses communes ; j'eus l'esprit si occupé tout le temps que nous fimes la route, qu'il ne fut pas en mon pouvoir de prononcer un seul mot, lorsque tout-à-coup nous fumes surpris de la présence d'un homme qui nous étoit inconnu, qui par ses vêtemens nous parut être un Calender. Mon religieux Ayeul fit arrêter ses voitures,

S

& lui demanda fa Bénédiction pour le fuccès de notre
voyage. Ferry qui marchoit devant, s'arrêta, vint à
nous, pour fçavoir ce qui fe paffoit; le Calender leva les
yeux, fon Chapelet à la main, & nous peignit fon état
digne de commifération; fa voix entrecoupée de foupirs,
parvint jufqu'à moi; je le regardai à plufieurs reprifes; je
le fixai; fa figure noble & trifte m'intéreffa, fa voix touchante & fenfible me rappella celle de mon Amant; à
force de le confidérer, je le démêlai au travers de fes
déguifemens; il m'adreffa la parole à moi-même; c'é-
toit mon Amant, grand Dieu! c'étoit lui-même! Madame, me dit-il, ayez pitié de l'homme qui fe préfente à
vous! Il me prit alors une vapeur fi fubite & fi étrange,
que je tombai en foibleffe dans les bras de mon Pere,
je n'eus pas la force de lui répondre. Oh! Saint Homme,
lui dit mon Ayeul, prie le Dieu tout-puiffant qu'il con-
ferve cette jeune Créature; fon fort eft digne d'intéref-
fer fa clémence : nous allons à Alexandrette; nous n'a-
vons plus qu'une demie journée; de-là nous paffons en
Cypre; fi tes prieres nous font faire ce voyage fans péril, nous l'attribuerons à la fainteté de tes œuvres.

Je relevai ma tête avec peine, je rouvris les yeux
toute tremblante, le Calender n'y étoit plus. Les larmes alors coulerent de mes yeux en fi grande abondance,
que mon Ayeul en fut furpris, & m'en demanda la
raifon; je ne pouvois parler, la voix me manquoit,
les mots s'égaroient fur mes lévres mourantes, comme
fi j'euffe été au dernier moment de ma vie; la connoiffance me revint peu à peu, je fentis le danger que je

courois en préfence de Haffan, plus encore à la vûe
de Ferry, que je regardois déja comme un homme fé-
vere. Je les vis l'un & l'autre fort agités de la préfence
de ce Calender, ne fçhant pas comment fon apparition
m'avoit pû jetter dans un femblable état ; je repris à
la fin mes fens : mon Pere ! m'écriai-je ! je l'ai reconnu
ce Calender ; je ne puis m'y tromper ; c'eft le même
homme que j'ai vû à Scio, qui m'a prédit que tout
le cours de ma vie ne feroit jamais qu'un cours d'infortunes accumulées les unes fur les autres, & celles qui
me font arrivées jufqu'à ce moment, fe font trouvées
toutes préfentes à mon imagination. Mon Ayeul &
Ferry s'occuperent à me donner des confolations d'autant plus vaines, & plus hors de place, qu'ils ne fe doutoient pas des vraies caufes du tourment que je fouf-
frois alors. J'eus tout le temps de réflechir le refte du
voyage au prétendu Calender : C'eft fon amour, difois-
je en moi-même, ce font les perfécutions que nous
avons éprouvées l'un & l'autre, qui lui ont caufé le
défefpoir où il eft, & lui ont fait prendre le parti de
fe jetter dans une fi terrible réforme ; & l'adieu qu'il
m'a fait, eft fans doute le dernier de fa vie ; ce font les
reftes d'une flamme expirante, qui lui ont arraché tantôt de nouvelles plaintes & de nouveaux foupirs ; mais
quel chemin prenoit-il ? le chemin d'Alep, où fa tête
eft à prix : confervez-la, Grand Dieu ! & fi je fuis deftinée à ne le voir plus, qu'il me refte au moins la confolation d'imaginer qu'il fera heureux ; hélas ! pourroit-
il l'être, s'il faut qu'il foit privé d'un amour qui s'é-

S ij

toit fi bien emparé de fon ame , & qu'il foit condamné
à ne me revoir jamais !

Enfin , enfin nous vîmes la fameufe Tour de cette
Ville ; nous y arrivâmes , il y faifoit un grand jour,
je jettai mes regards de tous côtés , je cherchois incon-
fidérément Belzek , qui ne pouvoit paroître ; je n'ofois
faire connoître mon trouble , & cependant tout me
déceloit. Je demandai à Haffan fi pour nous refaire de
la fatigue du voyage, nous ne pourrions pas y féjourner un peu ; mais il vouloit paffer outre , un Vaiffeau
étoit prêt à partir, nous le montâmes ; il nous mena
en cette Ifle en deux journées, nous y abordâmes au
Port de Salamine , d'où ttaverfant un Pays fpacieux,
nous arrivâmes enfin au Château de Ferry : Château fatal ! où j'ai compté confommer mes malheurs & ma vie.
Mon premier foin fut d'aller me jetter aux pieds de mon
Pere. Je parcourus le Château, le Parc, mon Pere n'y
étoit plus : nous apprîmes par des Efclaves, qu'il étoit
parti depuis plufieurs jours ; & perfonne ne put nous
apprendre de quel côté il avoit porté fes pas.

Mon Ayeul fut grandement furpris de cette nouvelle ;
j'en fus frappée comme de la foudre ; Ferry en fut faifi
lui-même & confterné. Nous demeurâmes en cet état
plufieurs jours, pendant lefquels mon Ayeul que ce
dernier coup engloutit, fentit fes forces diminuer, &
comprit qu'il étoit près de fa fin. Ferry, Razzivil &
moi, nous nous appliquâmes près de lui, nous lui don-
nâmes tous nos foins ; mais l'Ange de la Mort avoit ordonné fa derniere heure, & elle arriva. Alors ce Saint

Vieillard , de qui les yeux en larmes , je tenois la main enveloppée dans les miennes , me dit , ma Fille , je vais te laiffer fur cette terre , & je t'y laiffe fans parens, le départ de ton Pere me caufe la mort; tu te trouves ici étrangere , fans reffource , fans confolation; mais voilà Ferry qui nous a foutenus dans nos malheurs , par l'hofpitalité qu'il a exercée envers nous ; je ne puis reconnoître dignement tout ce qu'il a fait , qu'en t'uniffant avec lui , Dieu veuille m'accorder encore affez de temps , pour que mes derniers regards puiffent en être témoins.

Mon Ayeul me fit friffonner par ces paroles , je demeurai un temps fans lui répondre, je le priai de ne fonger qu'à fa fanté, que c'étoit fon état qui m'occupoit, qui m'empêchoit de penfer dans ce moment à d'autres intérêts. Ferry fe préfenta à moi, & me demanda ma parole d'un ton qui me parut abfolu ; je ne la lui donnai point ; mais pendant cet état de contrainte, j'eus la douleur de voir ce Vieillard vénérable prêt à rendre le dernier foupir ; fes membres roidis , fes yeux éteints, fes paupieres fermées; il finit dans mes bras fes tourmens & fa vie ; & je me trouvai dans le moment, à la merci d'un homme dont la fierté me choquoit, que je ne connoiffois point , que je ne voulois point connoître ; dans un Pays auffi étranger pour moi , fans efpérance & fans reffource , fans pouvoir imaginer les moyens de m'en débarraffer. Malheureufe ! m'écriai-je mille fois ; qu'ai-je donc fait pour éprouver cette continuité de mifere ! je perds mes Peres ! je perds mon

Amant, me voilà fous la puiffance d'un homme qui fe rend mon maître ! je fuis dans fon Château, je n'en puis fortir ! & quand cela me feroit poffible, où irois-je, où trouverois-je feulement la liberté de pleurer ma deftinée ! Mes pleurs ne tariffoient pas ; quelquefois il m'échappoit des gémiffemens & des cris, que j'avois bien de la peine à retenir : & j'étois un foir en cet état d'abandon de moi-même, couchée fur le gazon, au pied d'un palmier, accablée de fatigues, j'y tombai dans l'affoupiffement : ce fut le premier repos que je pris dans ce lieu. Il régnoit alors dans les airs une fraîcheur & un calme bien capable de retirer l'ame entiérement, & de la livrer au plus doux fommeil ; le mien ne fut qu'imparfait, que mille fonges divers vinrent traverfer : je crus entendre les accens plaintifs d'une voix, exprimer l'amour le plus tendre, le plus vif & le plus malheureux ; & je m'abandonnois à ces fonges, d'autant que je penfois à l'admirable Amant qui me juroit une éternelle fidélité.

Il fe paffa des mouvemens dans mon cœur qui me réveillerent à demi ; j'entrevis au travers de la nuit une perfonne près de moi, profternée à mes pieds, tenant ma main engagée dans les fiennes ; nous demeurâmes tous deux quelque temps dans la même attitude, & je penfois rêver encore, quand je crus entendre une voix très-baffe tenir ce langage : régnez, régnez, cheres ténébres, enveloppez-moi toujours du voile impénétrable, qui dans ce moment couvre l'Orient : C'eft par vous, oh ! fombre nuit, que j'ai l'audace d'affronter mille dangers, & que je me tiens ici rempant & prosterné près d'une fille de Génie; c'est par vous que j'ose librement poser mes lévres sur la poussiere que ses pieds ont pressée, cueillir les gazons sur lesquels elle repose, & enserrer dans mes mains sa main précieuse, dont le seul toucher m'enflamme & me consume.

J'avoue que ces paroles jetterent dans mes sens un trouble & une agitation qui m'émeut encore, quand je les rappelle. Hélas! m'écriai-je en me réveillant! où suis-je! & qu'ai-je entendu! Qui donc me parle! à moi malheureuse femme abandonnée, condamnée à des douleurs sans fin! Est-ce un Ange consolateur, que le Prophête m'envoye, pour m'aider à soutenir le poids de mes infortunes! Qu'il se retire! qu'il me laisse! j'aime mieux y succomber. J'entendis alors plusieurs soupirs, & la même voix me répondit: Si j'étois l'Ange ou le Génie qui préside à vos destins; oh! ma Daïra! je n'aurois pas besoin de l'obscurité qu'il me faut, je soutiendrois la lumiere de vos yeux, & tout l'éclat de vos beautés, à la face du jour, malgré les ordres du cruel Ferry qui vous retient, qui vous renferme, & qui suivant l'ordre de votre Ayeul, doit incessamment unir votre destinée à la sienne.

A ces mots, je me levai brusquement, je reconnus Belzek déguisé en vieille femme. Que fais-tu malheureux! m'écriai-je! tu cours ici des dangers qui m'effrayent plus que l'avenir que tu m'annonces; retire-toi au plus vîte. Hélas! si je pouvois sortir de ces jardins, je te suivrois comme un Epoux que je me suis

donné , & dont rien n'eſt capable de me ſéparer entierement ; je t'en donne ma foi. Fuis , te dis-je , & reviens cependant . . . . Oh ! Ciel ! j'entends du bruit ; c'eſt Ferry ;
c'eſt lui-même : En effet il arriva , il me ſurprit toute fré-
miſſante. Jeune femme , me dit-il , vous ne ſçavez pas
à quoi vous vous expoſez dans ces Bois ſeule , vous vous
éloignez de moi , lorſque tout conſpire à nous unir ! Venez , rentrez , & vous regardez dès-à-préſent comme
une Epouſe que votre Ayeul m'a donnée. Ferry conclut
en effet notre hymenée ; nous étions à la veille , il me parloit déja en ſouverain Maître , ou du moins je le penſois ,
parce que j'étois bien loin d'y conſentir. Ce fut cette
même veille que je feignis une maladie que je paſſai foi-
blement , en apparence , dans l'appartement qui m'étoit
donné , & que le moment d'après je me rendis bien légere
au lieu où j'avois déja vû Belzek : il y étoit , il m'y attendoit ; mais Ferry tout-à-coup nous ſurprit , s'élança
ſur lui le Cimeterre en main. Je ne vis que le danger
de Belzek ; je crus entendre les derniers ſoupirs de mon
Amant. Meurs , lui crioit Ferry ! Meurs barbare , qui
viens audacieuſement ſéduire une femme que j'aime , &
qui doit être à moi. Leurs Cimeterres ſe choquerent ,
il ne me reſta que la force de m'aller perdre dans l'épaiſ-
ſeur des Bois ; je m'y égarai , dans ces Bois , craignant
toujours ſes pourſuites ; & ton arrivée , homme charitable ! fut cauſe du parti malheureux que je pris , ce fut
de me poignarder , croyant que c'étoit Ferry lui-même ,
de qui je n'avois pas lieu d'eſpérer un meilleur traitement.

C'eſt dans ce déplorable état que tu m'as trouvée
toute

toute fanglante , & c'eft par tes fecours , par ton humanité , par ta piété , que je refpire encore. Je ne fçais
fi j'en dois rendre graces à Dieu ! s'il ne me prépare point
quelque nouvelle cataftrophe ! je ne fçais fi je n'aurois
pas mieux fait de ne point furvivre à la derniere ; elle
étoit pour moi la fin des chofes ; mais puifqu'il étoit
écrit dans le Ciel que je te devrois de fi puiffans fecours, je
m'y fuis foumife, & je ne te demande qu'un peu de repos.

Oh ! Ciel ! Oh , malheureux enfant ! m'écriai - je ,
quelle fource de miferes ! quelles traverfes ! quelles
extrémités ont accompagné le cours de votre vie !
Béniffons Dieu de vous avoir confervée , & permettez que je m'en faffe honneur , puifque j'y ai eu part.
Je ne fuis ici que depuis peu de temps. Il faut que le
Ciel m'y ait fait tomber tout exprès , pour vous préferver d'une mort infaillible. Vivez ! mon enfant ! vivez !
Reprenez vos forces & votre courage. Je vous offre ici
tout ce qui eft en mon pouvoir. Paffez-y tranquillement le refte de vos jours ; inconnue , fi vous le voulez ,
perfonne ne vous décélera. Mon Amant eft mort ! Mon
Amant eft mort ! dit-elle , je ne puis réfifter à la vie.
C'eft pour cela même ; lui repliquai-je, que vous ne devez point vous difpenfer de faire ce que je vous propofe. Ah ! dit-elle, Belzek a péri , & vous voulez que
je traîne une vie qui me donneroit les angoiffes de la
mort à chaque inftant du jour ? Non ! je ne le puis.
Je lui demandai fi je pourrois , fans rifque , envoyer au
Château de Ferry , fçavoir exactement des nouvelles de
ce qui s'étoit paffé ; elle y confentit. Je fis partir fur le

T

champ un de mes gens, qui s'y introduifit fecrettement,
& qui revint en toute diligence m'apprendre que Ferry
fe mouroit de fes bleffures, & que tous les domeftiques
de fa maifon étoient en larmes ; qu'un Brigand l'avoit
attaqué, qu'il s'étoit enfuite évadé à la faveur de la nuit.

Lorfqu'elle vit arriver ce Grec, elle pâlit, elle fe trou-
bla. Mais quand il lui eut appris que le prétendu Brigand s'étoit évadé, je la vis toute tremblante, toute
hors d'elle-même. Elle me pria de renvoyer ce Grec encore, avertir Razzivil & Zoah de l'état où elle étoit,
pour qu'ils vinffent fecrettement l'un & l'autre la trouver ;
ils arriverent, & lui apprirent la miraculeufe nouvelle que
le Muphti Sezulla, après avoir rendu le regne d'Achmet
odieux, par les concuffions tyranniques qu'il exerçoit,
avoit enfin reçu le digne falaire de fes forfaits par le
cordon que l'Empereur avoit ordonné contre lui. Ils lui
dirent que Saheb étoit, quelques jours avant, parti fur
cette nouvelle, & qu'il étoit à la tête des Arabes, ren-
tré dans les droits de fon premier état.

A ces mots elle fe fentit toute tranfportée de joye.
Zoah fuivi de Razzivil, vit qu'il pouvoit parler, il fe
leva & lui parla ainfi : Ma chere Maîtreffe, je vais te
dévoiler des chofes que j'ai dû garder jufqu'à ce jour
dans un profond fecret. Il falloit que le cercle de tes
avantures fe formât, pour donner iffue à la révolution
qui vient d'arriver ; il falloit qu'un Marchand de Scio
fe trouvât au Caravanfera d'Egli ; qu'il te portât pour te
fauver en fa Patrie ; que le Muphti en fut inftruit ; que fa
haine & fa rage te pourfuiviffent là comme ailleurs ; que

le Marchand de Scio, pour t'en préferver, t'enlevât, te tranfportât au Serrail d'Aly Oglou ; que là tout ce qui s'eft paffé arrivât pour que le Pacha fût attendri fur ton fort, ainfi que je l'ai vû. Je t'ai dit qu'il me donna deux mille Sequins pour t'équiper en femme de ton rang. Le vertueux Pacha ne fut pas content de cette largeffe ; il m'appella, il m'ordonna de mettre par écrit les avantures de ta famille, & le déplorable état auquel la fureur du Muphti vous avoit expofés ; je lui donnai cet écrit ; que penfes-tu qu'il en fit ? Il ne me le dit point ; mais je l'ai fçu par un de mes camarades qu'il dépêcha au Chef des Noirs, fon Patron & fon Ami, par lequel il fit paffer cet écrit à fa Hauteffe ; & voilà d'où eft venue la juftice rigoureufe & terrible du Sultan. C'eft au Pacha d'Alep que l'Emir ton Pere doit la révolution d'un Etat qui doit être dorénavant heureux, & dont tu vas jouir près de lui tout le temps de ta vie.

Ah ! malheureufe que je fuis, s'écria Daïra, de qui me parles-tu ! d'un homme que j'ai outragé tout le temps qu'il m'a connu, d'un homme fur lequel j'ai eu cette main prête à le poignarder dans fon propre Serrail ; c'eft ce même homme, qui nous donne la vie à tous ; malheureufe & criminelle que je fuis ! quel repentir, quel reproche n'aurai-je pas à me faire le refte de mes jours, de la fureur qui m'a tranfportée contre lui ! Ah ! comment puis-je reconnoître la générofité, la bonté de cette grande ame ! Je voudrois à l'inftant m'aller jetter à fes pieds, pour obtenir un pardon que je me refufe, & que je ne m'accorderai jamais.

T ij

Ma chere Maîtreffe ! reprit Zoah, d'autres intérêts doivent t'occuper aujourd'hui ; je t'apprens que le coup mortel dont Ferry a été frappé ne venoit point de la main d'un Brigand, que c'étoit Belzek, oüi, Belzek lui-même, qui fe voyant dans le plus grand danger de périr, n'avoit pû l'éviter autrement ; nous lui avons, ajouta-t'il, envoyé un Billet dans le lieu de fa retraite, pour lui apprendre que tu vivois dans cette maifon par les fecours de ce Saint Homme.

Belzek en effet arriva le lendemain, il ne fe préfenta qu'en tremblant, dans la peur qu'il avoit que cette entrevue ne caufât à Daïra quelque accident ; mais l'inftant d'après il vint fe jetter à fes pieds, il vint lui offrir les tranfports de fon cœur. Oh ! Daïra, lui dit-il, par quelle foule de miracles nous retrouvons-nous dans cet afyle ! le Ciel fe rend enfin à nos vœux ; tes ennemis font vaincus, notre amour eft en paix ; tu peux partir & aller te livrer dans les bras de l'Emir Saheb, qui régne dans le pays d'Anna, fur l'Euphrate aujourd'hui.

Ah ! jufte Ciel ! s'écria Daïra, quelle multiplicité d'événemens inattendus ! J'y fuccombe. En effet elle en perdit la parole, elle demeura fans mouvement ; puis fe confidérant dans l'affreux état où elle étoit, elle s'interrogeoit elle-même. Quoi ! difoit-elle, le Prince des Arabes, l'Emir Saheb pourra-t'il reconnoître fa Fille dans l'abîme où je fuis ! Il faut fans doute que je lui envoye l'hiftoire de ma vie ; mes malheurs me feront connoître. Quitte-moi, Belzek, va, pars dans l'inftant, cours, vole, mon ame te suit, va joindre mon Pere, expose-lui mes avantures; si tu lui en fais le tableau fidele, il ne pourra t'écouter tranquillement; mais il t'écoutera, & tu recevras de lui la récompense que tu poursuis, & à laquelle tu as tant de droit de prétendre. Je partirai peu après avec Razzivil, ma chere Gouvernante, & Zoah notre Esclave, qui fut jadis le sien, & de qui il pourra s'instruire de beaucoup de particularités qu'on ignore. Belzek à cet ordre prit la main de Daïra, la serra sur son cœur, la baisa mille fois, & partit.

Peu de jours après, se trouvant seule avec moi, elle m'adressa ce discours : Généreux Homme ! toi que le Ciel semble avoir conduit dans cette Région pour la conservation de ma vie ; qui par un vrai miracle, m'a préservée malgré moi d'une mort certaine, qui m'a reçue dans ta maison comme si j'eusse été ton enfant chéri, dis-moi ? comment puis-je reconnoître le zéle, les empressemens, même les inquiétudes que mon état a dû t'apporter. . . . Mais s'il est vrai que les soins & les peines qu'on se donne, nous attachent à celui qui les reçoit, & nous le rendent cher, il faut que je sois aujourd'hui de quelque prix pour toi ; aujourd'hui que ma fortune est changée, serois-tu capable de me laisser, foible enfant que je suis, traverser des Mers & des Terres pour passer en des climats qui me sont inconnus, & me présenter devant l'Emir Saheb mon Pere, sans tenir la main secourable du vertueux Homme à qui je dois le jour; & sans lui faire le tableau des tourmens que je t'ai caufés. Sa fenfibilité feroit un tourment pour lui-même ; il me reprocheroit inceffamment l'impuiffance où il fe verroit de t'en donner les marques ; peut-être ne me la pardonneroit-il pas. Tu te trouves ici dans une Terre étrangere, tu t'y vois feul, fans parens, fans amis ; viens te réunir aux miens, viens augmenter ma famille, foyons parens déformais ; les fecours que tu m'as donnés font au-deffus de ce titre, & fans doute il manque à mon Pere un ami tel que toi.

Oui ! Daïra, m'écriai-je, oui ! admirable Enfant ! je vous fuivrai par-tout. Ces paroles m'échapperent dans le tranfport qu'elle me caufa, & je n'eus rien de plus preffé que de préparer nos Equipages. Nous fumes bien-tôt prêts à partir, Daïra, Razzivil, Zoah & moi. Mais quand je déclarai mon voyage à cette famille Grecque, je vis le Pere, la Mere & leurs Enfans m'environner, pouffer des cris, verfer des larmes, s'accrocher à ma robe, m'embraffer les genoux, & s'écrier tous enfemble, oh ! mon cher Maître, ne nous abandonnez pas ! nous ne pouvons plus vivre fans vous. Vous nous avez accoutumés à vous aimer, & nous vous aimons comme un pere en béniffant le Ciel tous les jours de vous avoir conduit ici ; il exaucera nos prieres, vous ne nous quitterez point. Je fus fi touché, fi attendri de l'amour de cette religieufe famille, qu'il ne fut pas en mon pouvoir d'y réfifter. Je lui fis entendre qu'il étoit de mon devoir d'accompagner Daïra, de la remettre en fa Patrie, entre les mains de l'Emir fon Pere ; je promis de venir me rendre auffi-tôt après dans ma retraite, & d'y paffer

avec eux le refte de ma vie ; ils infifterent , & pour s'en
affurer, quatre d'entre eux , voulurent fe joindre & faire
le voyage avec nous.

Nous partimes de cet afyle enfin. Nous nous rendî-
mes à Famagoufte. Il y avoit dans ce Port un gros Pin-
que ; je fis marché avec le Propriétaire pour le trajet que
nous avions à faire de Famagoufte à Tripoli de Syrie ; je
lui accordai tout ce qu'il vouloit, & nous nous embarquâmes Daïra & moi , fuivis de Razzivil, de Zoah & des
quatre Grecs , qui pendant ce voyage, nous ont rendu
tous les fervices poffibles , & nous ont été plus néceffai-
res que je n'avois d'abord penfé. Nous fumes furpris à
notre arrivée fur la belle Riviere qui arrofe cette Ville ,
de voir des feux allumés dans les Tours qui en font l'enceinte ; précaution qu'elle prend à l'arrivée des Vaiffeaux
inconnus ; cela nous arrêta ; deux de nos Grecs fe dé-
tacherent dans un efquif, & furent fe préfenter au Pacha
qui commandoit ; ils lui expliquerent que notre Vaiffeau n'étoit point un Vaiffeau Corfaire ; qu'il tranfpor-
toit la fille de Saheb de l'Ifle de Cypre dans fa ville de
Tripoli, où elle ne devoit que paffer , pour fe rendre à
Damas, & de-là fur l'Euphrate dans la ville d'Anna ,
où l'Emir fon Pere l'attendoit. Le Pacha n'ignoroit pas
ce que l'Emir avoit fouffert fous le miniftere du Muphti
Sezulla ; il en avoit lui-même effuyé des rigueurs ; en
forte qu'il l'a reçut avec toutes fortes d'honneurs. Il fit
publier dans la Ville que le Vaiffeau qui entroit dans la
Riviere n'étoit point à craindre ; que la fille de Saheb
arrivoit ; qu'il falloit que les feux des Tours, pour cette

fois, reftaffent allumés toute la nuit , en figne de ré-
jouiffance extraordinaire ; cela fut fait , & nous entrâmes après trois journées de navigation , les yeux char-
més du fpectacle de cette Ville. Nous y paffâmes affez
tranquillement la nuit. Mes Grecs avec Zoah furent
dès le lendemain s'informer par quelles voitures nous
pourrions nous rendre à Damas ; mais le Pacha qui en
fut inftruit, fit offre de fon Char attelé de fes Mules ,
& la fille de Saheb l'accepta avec reconnoiffance ; en
forte que dans un même jour nous arrivâmes à Damas ,
tant les Mules du Pacha fembloient voler plutôt que courir. A l'entrée de cette Ville , je déclarai que je menois
la fille du Souverain d'Anna ; les portes s'ouvrirent auffitôt ; le Pacha de Damas en fut inftruit fur le champ ; il
l'envoya féliciter fur l'heureufe révolution qui avoit mis
en terre l'ennemi de Saheb , & lui offrit tous fes fecours.
Quelqu'empreffement qu'eut Daïra de fe rendre à fon
Pere , qu'elle croyoit voir du haut de fon Trône, lui
tendre les bras, il nous fallut féjourner deux jours dans
cette Ville ; nous avions à préparer des voitures , foit
des Chevaux , foit des Mules ou des Chameaux , des
emplettes à faire d'étoffes de prix, dont cette Ville fait
un très-grand commerce, pour mettre la fille de l'Emir
en un état digne d'elle. Dès le foir même nous fumes
frappés du bruit d'une Artillerie formidable , par laquelle
on apprit à toute la Ville l'honneur qu'on faifoit à la
fille de Saheb ; tous les Habitans s'en entretinrent , ainfi
que de fon hiftoire qu'on y fçavoit déja.

Le lendemain nous fumes à l'Audience du Pacha ,

qui

qui la tenoit fur l'avenue d'une belle Plaine, fous un
grand Dôme antique peint à la Mofaïque, & rafraî-
chi par plufieurs Canaux ; le Pacha y étoit, & avant
toutes chofes, il lui propofa d'aller rendre graces à Dieu
dans la Mofquée qui y tient, de fe trouver délivrée du
terrible ennemi qui en vouloit à toute fa Maifon ; après
quoi il lui offrit, ainfi que le Pacha de Tripoli, un Char,
pour fe tranfporter à Anna ; elle ne balança pas, elle
l'accepta, quoiqu'il lui vint des fecours de toutes parts.
Il lui en arriva un, auquel elle ne s'attendoit pas ; c'é-
toit un Chamelier propriétaire de deux Chameaux. Il
lui envoya demander par charité de lui faire gagner fa
vie, de fe fervir de fes Chameaux, fe difant un pauvre homme délaiffé, abandonné, n'ayant pour fubfif-
ter que ce qu'il pouvoit retirer de leur fervice. L'état de
cet homme, qui apparemment n'avoit ofé fe préfenter,
nous toucha ; nous le mandâmes, il ne voulut point
venir ; il nous envoya fes Chameaux biens équipés,
ayant de chaque côté deux berceaux couverts d'écar-
latte, garnis de couffins, fur lefquels nous pouvions
nous mettre commodément ; la fille de Saheb dans l'un
avec Razzivil, moi dans l'autre, Zoah & mes Grecs
montés fur des Mules qui fe trouvent communément à
Damas. La pitié de Daïra en fut émue ; nous remer-
ciâmes le Pacha des égards qu'il avoit eus, & du fervice qu'il vouloit nous rendre, nous nous arrêtames à
cette maniere de voyager.

Le parti pris, & le moment du départ arrivé, nous
vimes entrer le Propriétaire ; je lui offris le payement

V

de fa voiture, il me refufa, me difant qu'il feroit payé
à l'arrivée, fi fon fervice étoit agréable à Daïra; je fus
étonné de lui entendre prononcer un nom qu'on ne
devoit point fçavoir dans ce Pays. Je lui demandai
qui lui avoit appris, il ne me répondit rien; la Fille
de Saheb arriva dans le moment, elle alloit le quef-
tionner auffi; mais en le regardant affez long-temps
attentivement; elle fit tout-à-coup un cri qui nous
faifit tous & nous perça le cœur. Qu'eft-ce donc? m'é-
criai-je: Razzivil & Zoah accoururent allarmés de l'é-
tat où fe trouvoit leur Maîtreffe, & je ne l'étois pas
moins, ne fçachant pas ce que c'étoit que cette rencontre, quand je fus étonné moi-même dans l'inftant de
voir Razzivil fe jetter au col du Chamelier, Zoah de
même le dévorer de careffes, rendre graces au Ciel par
des cris répétés; la Fille de Saheb revenant à elle, fentit couler des larmes de fes yeux, & fut à lui, elle
l'embraffa à plufieurs fois, & m'adreffa ces paroles: voilà
l'homme, à qui je puis dire que je dois la vie, voilà
l'homme que des circonftances fatales ont accompagné
depuis l'inftant qu'il s'eft attaché à moi, l'homme à
qui j'ai porté tous les malheurs enfemble, & qui pour
moi gémit à préfent dans un état digne de pitié. Oh!
Fargani! s'écria-t'elle, en quel état te trouvai-je! toi
Chamelier! toi qui veux me conduire chez mon Pere,
fous ce titre, je ne le fouffrirai pas; ah! Madame,
s'écria-t'il, c'eft la récompenfe que j'en attends; oüi,
je vous conduirai moi-même chez l'augufte Pere qui
vous attend fans doute, & cette action devient pour

moi une jouiffance incomparable ; vous me voyez dans
un état d'oppreffion, je me fuis caché dans cette Ville,
& du peu d'argent que j'avois, j'ai acheté ces Chameaux,
je me fuis bien gardé de dire mon nom, mais j'ai publié le vôtre, & l'on fçait à Damas tout ce qui vous eft
arrivé ; graces au Ciel, vos peines font finies, & les
miennes auffi ; il ne me refte qu'à me rendre près de
l'Emir votre Pere, à qui je confacre les fervices du
refte de ma vie ; montez fur mes Chameaux. J'ai des
Chevaux & des Mules pour mener votre fuite, & nous
arriverons le cœur ouvert à la joye dans peu de jours.
Vous êtes obligée de vous fervir de ce que je vous offre ,
puifque vous avez refufé le Char du Pacha. Ah ! Fargani,
lui dit Daïra les yeux en larmes, toi qui me fervis de
Pere fi long-temps, toi que j'aimois, que j'ai depuis toujours aimé, en quel état t'offres-tu devant moi ; tu veux
que je prenne tes Chameaux, tu me demandes cela
comme une faveur, comment pourrois-je te refufer ;
allons, allons trouver mon Pere, il eft le feul en état
de reconnoître tes bienfaits & tes facrifices.

Nous montâmes fur fes Chameaux, & après avoir
cotoyé le Mont Liban, nous entrâmes dans le défert,
paffant par Oran, par Palmire ; enfin après douze journées de marche, nous nous trouvâmes fur les bords de
l'Euphrate, affez près de la ville d'Anna. Zoah prit alors
les devants, & s'y rendit en diligence. Il chercha Belzek,
& le trouva ; il fut rendre compte à l'Emir de l'arrivée
de fa fille, & nous étions à deux milles au plus de la
Ville, dans une prairie immenfe, peuplée d'un nombre

V ij

infini de Chameaux, de beſtiaux de toute eſpéce, parmi
leſquels nous ne paſſions point ſans admirer leur taille
& leur embonpoint ; lorſque nous apperçumes de notre
côté plus de cinq à ſix cens Chevaux qui venoient à
toute bride , avec leurs Cavaliers armés de piques : ils
nous entourerent à l'inſtant , & le Chef vint nous demander la fille de leur Maître. Daïra ſe leva ſur ſon
Chameau, tous mirent pied à terre , lui rendirent hommage , & lui annoncerent que l'Emir l'attendoit.

Je vis dans l'inſtant Daïra dans un tranſport de joye
que jamais elle n'avoit connu ; elle leur demanda ſi ſon
Pere avoit marqué quelqu'empreſſement de la voir ; tous
leverent alors les bras au Ciel, & ne répondirent que
par des acclamations ; elle fit les mêmes queſtions ſur
Belzek , qui étoit arrivé depuis deux jours , qui avoit
inſtruit l'Emir de toutes choſes ; ce fut à cela qu'ils ne
répondirent pas ; ils marcherent à notre tête, nous paſ-
ſâmes l'Euphrate ſur un beau pont ; nous nous trouvâmes
enfin aux portes de la Ville , & ce fut là que l'Emir parut
avec un concours extraordinaire de Peuple , ayant à ſa
ſuite l'Amant de Daïra. A cette premiere entrevûe ,
Daïra ſe proſterna devant l'Emir, il la releva avec peine,
il l'enveloppa dans ſes bras de toutes ſes forces , elle y
perdit connoiſſance ; l'épuiſement de ſon ame paſſa bien-
tôt dans l'ame de ſon pere ; ils reſterent embraſſés &
ſerrés long-temps l'un & l'autre ſans mouvement , dans
la forme d'un beau grouppe de marbre ; toute l'aſſemblée
attentive dans un ſilence profond , quand enfin Daïra
lança un cri du fond de ſa poitrine qui donna paſſage à

fes pleurs ; elles coulerent & fe mêlèrent parmi celles de
l'Emir. Jamais on n'a vû de fpectacle pareil. Oh ! ma
fille, s'écria-t'il, puis-je croire le miracle de ta vie ! eft-
ce un fantôme ! une illufion ! veillai-je ! Quoi ! ma fille !
c'eft toi que j'ai perdu à l'âge le plus tendre dans le Caravanfera d'Egli ! c'eft toi qu'un Pélerin a reçu des mains
de Zoah, pour te fauver de la fureur des monftres qui en
vouloient à ma vie & à la tienne, & que ce même Pélerin a gardée chez lui pendant fi long-temps avec tant de
courage & de bonté, & que le perfide Muphti a ruiné
pour ce fujet. . . . . Grand Emir ! s'écria Fargani ! c'eft
moi-même ! oh ! Ciel ! s'écria l'Emir. Oui, c'eft moi,
reprit Fargani, qui croyant voir la mort inévitable, ai
jugé à propos de fauver ton enfant ; c'eft moi que le
Muphti en avoit foupçonné, & c'eft moi qu'il a pourfuivi après ma ruine, & qui m'a forcé de me retirer à
Damas à vivre du loyer de mes Chameaux. C'eft moi
enfin qui te ramene l'augufte enfant qui te manquoit
depuis tant d'années ; & ce retour vaut mieux pour
moi, que toutes les récompenfes qu'on y pourroit ajou-
ter. . . . Viens à moi ! viens ! que je t'embraffe mille
fois (s'écria l'Emir) tu m'accordes plus en effet que je
ne pourrois te donner dans ma vie ; tu ne me quitteras
jamais, & tu tiendras près de moi une place qui feroit le
bonheur de bien d'autres. Pour Zoah, je l'ai reconnu
à tout ce qu'il a entrepris pour ma fille ; j'ai toujours
bien penfé, n'eut-il qu'un foufle de vie, qu'il le facri-
fieroit pour moi & pour les miens. Je fçai fon hiftoire,
elle tient du prodige, ainfi que la tienne. Que de graces

nous avons à rendre au Ciel de nous trouver réunis dans un plein repos. Dans l'inftant il reprit Daïra , il l'embraffa ; ah ! ma chere fille ! lui dit-il, tes jours vont couler déformais dans la paix. Voilà Belzek , il fut ton Amant ; mais je lui trouverai dans ma Cour une femme digne de lui ; & quant à toi, je te prépare une alliance au-deffus de ce que tu peux efpérer. A ces mots Belzek prit la parole , & lui dit : Grand Prince , j'ai fait des chofes difficiles à croire pour obtenir ta fille ; fi tu me la refufes , prends mon épée , perce-moi le cœur , ou fouffre qu'à l'inftant même je faffe le facrifice d'une vie que je n'ai confervée que pour elle ; à l'inftant il tire cette épée, prêt à fe l'enfoncer dans la poitrine , fi Daïra elle-même ne l'eût arrêté ; non, non, reprit l'Emir, non Jeune Homme, il ne fera pas dit que ma premiere entrevûe avec ma fille, ait pû fe fouiller du fang de fon Amant ; je me rends à cet effort d'amour & de générofité. Mon Pere, s'écria Daïra , fon fang eft la fource du mien ; fon ame foutient la mienne ; je ne vis que par lui ; nous vous demandons d'avoir pitié de nous, c'eft la feule récompenfe qui me foit dûe pour toutes les peines que j'ai fouffertes. J'y confens, reprit l'Emir, je ne vous fépare point, je le promets ici à la face du Ciel & devant ce Peuple innombrable qui m'entend.

Dans l'inftant on fut frappé des cris de joye de tout ce Peuple, & ces cris nous accompagnerent jufqu'au Palais. On entendit alors du haut de tous les Minarets les acclamations des Crieurs publics ; la ville d'Anna fe trouva toute illuminée ; les tymballes , les tambours ,

les hautbois retentiſſoient dans les rues, qui étoient ta-
piſſées de feuillages, & toutes les maiſons remplies d'hommes, & même de femmes, à qui cela fut permis pour
célébrer un ſi grand jour. Et toi, reprit l'Emir, grand
& généreux homme (en m'adreſſant la parole) toi qu'une
Providence particuliere a fait paſſer en Cypre ; qui as
trouvé ma fille expirante ; qui as racheté ſa vie ; qui l'as
retirée chez toi, comme tu aurois pû faire ton propre
enfant : Certes, tant de grandeur d'ame de votre part à
tous, tant de bontés me confondent, m'anéantiſſent, &
me rangent malgré moi au-deſſous de la reconnoiſſance
de vos bienfaits. A ces mots il me tendit les bras, il
m'embraſſa, & me retint ſerré ſur ſa poitrine long-
temps.

Dès le lendemain, Daïra qui n'avoit rien de plus
important que de conſacrer ſa vie à ſon Amant, fut à
la Moſquée où ſon mariage fut célébré avec une pompe
extraordinaire.

L'ivreſſe de joye où étoit toute cette Ville, dura pluſieurs jours. Il ne manquoit à cette Fête que la préſence de cinq cens Sultanes, qui étant dans le Serraïl,
n'avoient de tout ce qui ſe paſſoit que des idées fort im-
parfaites. Quelques-unes eurent la permiſſion de venir
viſiter Daïra, la nuit ſur la Terraſſe du Palais, & j'appris
par Razzivil tout ce qui s'étoit paſſé. Elles ſe préſenterent
dix enſemble, l'une deſquelles lui dit : Princeſſe, nous
vous portons l'hommage de toutes les Femmes de ce Serrail, qui brûlent d'envie de vous faire connoître nos
jeux & nos divertiſſemens. Vous verrez cent Filles

Grecques, Efclavones, Georgiennes, toutes étincelan-
tes du feu de leur jeune âge, & des ardeurs de leur
tempéramment; cent autres du Pays de Kachemire,
belles comme Fatmé & délicieufes comme des Houris;
les Brunes de Serendib, les Blanches du Royaume de
Tangut, feront dignes de vos regards; vous jugerez
s'il eft des voix plus amoureufes & plus infinuantes, &
s'il eft poffible de les imiter avec des inftrumens plus
doux & plus harmonieux. Les jeux que nous formons
entre nous, ne font affujettis à aucune retenue, ils
n'ont pour objet que les plaifirs d'un homme feul;
chacune des Femmes qui l'environne fe regarde comme
feule avec lui, chacune d'elles croit ne valoir qu'une
partie de fon plaifir; toutes y concourent & fe concer-
tent comme fi toutes n'étoient qu'une. Venez-en juger,
obtenez-en la permiffion, nous brûlons de vous recevoir dans notre Salle des chants; vous y verrez un
Amphitéâtre à trois dégrés, au-deffus duquel régne un
entablement d'où s'éléve un mur plus blanc que les
neiges du Caucafe; ce mur eft à demi mafqué par un
grand nombre de Colonnes incruftées d'or en lames, &
parfemées de Cornalines, de Jacintes & de Topafes;
vous y ferez furprife d'un doux faififfement qui redou-
blera bien-tôt à l'afpeét de cet Amphitéâtre à trois rangs,
fur lequel vous verrez placées deux cens Filles de dif-
férentes Régions, toutes vêtues & coëffées d'une ri-
cheffe & d'un goût fans pareil; vous vous fentirez entraînée vers elles, pour confidérer de plus près la galan-
terie de leurs parures, la beauté de leurs vifages, &

la

la tendreſſe de leurs regards; vous les verrez tourner, ou poſer tendrement une tête ornée de fleurs, mêlée parmi des guirlandes de Diamans, ou couvertes de plus mes de toutes couleurs, aſſorties d'Emeraudes & de Rubis; une gorge d'Albâtre que pluſieurs cordons de Perles & de Saphirs ſembleront careſſer en s'y jouant; leurs robes d'or, d'argent & de ſoye, relevées de mille Pierreries, ne feront pas leur plus bel ornement. Ah ! Madame, continua-t'elle, que direz-vous, quand ces Fées vous feront entendre des voix céleſtes ſoutenues de l'harmonie de leurs divers inſtrumens, lorſque tout-à-coup une eſpece de chœur de Fées, frappera les airs & la voûte du nom que vous portez, ou de celui qu'elles vous donneront, d'Enfant ſacré du Prophête ou de Lumiere du Serrail : Que ſçais-je ! plus elles trouveront de beautés & de graces en vous, plus elles chanteront, & moins elles détermineront le nom qui doit vous reſter. Vous entendrez après ces charmantes Filles chanter les vertus & la gloire du Souverain, vous les verrez s'accompagner d'inſtrumens militaires ou champêtres, de plus de cinquante Harpes, dont l'harmonie ſourde eſt ſi tendre & ſi douce, qu'elle ſemble échapper à l'oreille, pour pénétrer plus ſenſiblement les cœurs, & répandre ſur tous les ſens ſa molleſſe & ſa volupté; elles exciteront dans les vôtres de ces émotions que vous ne ſentîtes jamais.

Le Trône de l'Emir eſt au milieu du cercle ; il y régne comme l'Aſtre du jour au centre de l'Univers, environné de ces jeunes Fées, ſemblables aux Etoiles du

X

Firmament ; leurs regards fondent fur lui, elles affiégent
fon ame, tout le faifit, le retient, & l'arrête dans un
état de jouiffance auffi délicieux que pénible, & c'eft
l'état, Princeffe, que nous vous prions de venir partager avec lui ; nous fommes députées à cet effet, elles
efperent, & nous auffi, que vous nous ferez cette faveur, & déja chacune d'elles fe repréfente & fe peint
votre image, d'après le genre de beauté qu'elle aime,
ou le goût particulier qu'elle a. Jugez de notre impatience, & de l'envie que nous avons de vous faire voir
notre entoufiafme pour le Prince, & notre admiration
pour vous.

Ce fut ce que me conta Razzivil, en m'ajoutant que
dans peu de jours cette fête devoit fe paffer. Quant à moi,
j'avois rempli ma charge ; j'avois remis ce dépôt précieux
entre les mains de l'Emir ; je fongeai à ma retraite, mes
Grecs m'y invitoient inceffamment ; je pris congé de
Daïra, qui dans la joye où nageoit fon cœur, ne laif-
foit pas de fentir la peine de notre féparation. On me
chargea de préfens de toute efpéce ; j'eus la fatisfaction
de voir avant mon départ Fargani élevé à la Dignité de
Miniftre, & Zoah à celle de Chef des Eunuques. Je
partis enfin par la même route avec mes Grecs qui m'ont
ramené chez eux, & qui fe font fait une fête de m'y revoir, pour y paffer avec eux le refte de ma vie.

F I N.

www.ingramcontent.com/pod-product-compliance
Lightning Source LLC
Chambersburg PA
CBHW061328050726
47504CB00013B/1478